사랑 바우덕이

시인 **김윤배**는 1944년 충북 청주에서 태어나 한국방송통신대학교, 고려대학교 교육대학원에서 수학했고, 인하대학교 대학원에서 문학박사 학위를 받았다. 1986년 『세계의문학』을 통해 문단에 나왔으며, 시집 『겨울 숲에서』(1986), 『떠돌이의 노래』(1990), 『강 깊은 당신 편지』(1991), 『굴욕은 아름답다』(1994), 『따뜻한 말 속에 욕망이 숨어 있다』(1997), 『슬프도록 비천하고 슬프도록 당당한』(1999), 『부론에서 길을 잃다』(2001)와 산문집 『시인들의 풍경』(2000), 『최울가는 울보가 아니다』(2004), 평론집 『온몸의 시학 김수영』(2003), 동화집 『비를 부르는 소년』(1996)을 출간했다.

장시
사당 바우덕이

초판 발행__2004년 9월 17일
3쇄 발행__2006년 1월 31일

지은이__김윤배
펴낸이__채호기
펴낸곳__(주)**문학과지성사**
등록번호__제10-918호(1993. 12. 16)

주소__서울 마포구 서교동 395-2 (121-840)
전화__편집/338-7224~5 영업/338-7222~3
팩스__편집/323-4180 영업/338-7221
홈페이지__www.moonji.com

ⓒ (주)문학과지성사, 2004. Printed in Seoul, Korea

ISBN 89-320-1537-6

장시

사랑 바우덕이

김/윤/배/시/집

문학과지성사
2004

시인의 말

나는 이 시집 한 권을 위해서
수많은 시편을 쓰고 버렸다.
나는 그녀로 인해 신열을 앓았고
한 슬픔을 맞았으며 한 슬픔을 보냈다.
그녀가 청룡천변 작은 돌무덤으로
누워 있을 때 들국 몇 송이 무덤 위로
청옥빛 가을 하늘 흔들어
나를 아프게 했다. 그 이후
나는 그녀의 거사가 되어 그녀의
가파른 생을 등짐으로 지어 날랐다.

이제 그녀의 모든 것을 벗는다.

2004년 가을, 용인 서천 우거에서
김윤배

|차례|

첫째 마당 **돌무덤에 핀 이끼꽃** 9
　늦은 만가 9
　피거품 물거품 11
　꽃가슴 흙가슴 14

둘째 마당 **하님 하님 족두리 하님** 18
　돌개바람 18
　임술년 오월 열나흘 25
　덩기덩기 바우덕이 29

셋째 마당 **검은 땅 검은 돌** 39
　푸른 꿈 붉은 꿈 39
　보아라 저 솟구치는 민심을 45
　장대 끝 바람 소리 51

넷째 마당 **하염없는 물길 몸길** 57
　저승패의 노래 57
　살꽃 눈물꽃 62
　피반령 뜬구름 66

다섯째 마당 **엽전재 뜬구름아** 73
　춘삼월 먼 산 그리메 73
　불당골 살 깊은 솔바람 소리 80
　얼름사니 땅줄 핏줄 85

여섯째 마당 **애사당 새파란 불꽃 가슴** 93
바람 같은 꽃잎 같은 나비 같은 93
은전 한 닢 104
갈대 속울음 108

일곱째 마당 **상쇠 가락 깊은 혼** 112
저승 꽃길 112
사당 가슴 흐르는 유등 119
개다리패의 상공운님 125

여덟째 마당 **뜬쇠 상쇠 불타는 쇳가락** 130
꼭두쇠의 노래 130
가락이여! 민초여! 마음날이여! 138
가슴길 떠돌이 길 147

아홉째 마당 **이 땅의 영원한 울림** 152
서러운 메아리 152
비천한 재주놀음 넘어 161
은전 위에 부서지는 달빛 171

해설 · 노래의 꿈, 노래의 힘 | 이혜원 183

늦은 만가

굽이굽이 눈물이던 차령산맥
겹겹의 산자락 햇살 들면
상서로운 기운으로
솟아오르는 서운산 영봉
아래 칠현산 덕성산 도덕산
그 아래 비봉산 쌍룡산 구봉산
산봉우리 그윽한 땅

내혜홀이라 했다던가
백성이라 했다던가
하염없는 떠돌이의 땅

*

한천 청룡천 물길 틔워

안성천 이루고
칠장천 개좌천 물길 틔워
금강 이루고
청한천 죽산천 물길 틔워
남한강 이루었나니
그 땅은 물길조차 엇갈리던 임의 땅

삼남 꺽진 남정네들 넘나들던
안성 뜰 풍요로운 햇살 위에
바람도 단 바람 흐드러지는데
사당 가슴 피울음으로 서던
솔바람 소리
엽전재 솔바람 소리
이녁의 귓가 쟁쟁한
상쇠 가락으로 떠
스물여섯 꽃잎 이운 나이

안성 청룡사 불당골 돌무지길
맨발로 절룩이던
임의 가슴길 저승길
늦은 만가로 흐느끼나니

청룡천 급한 물소리에 누워 한 백년

누구도 임 일으켜 세우지 않고
누구도 임의 돌무덤에 핀 이끼꽃
꺾을 수 없나니

삼남의 걱진 남정네들
하마 임을 잊었으리

피거품 물거품

어둔 세월 어둔 땅
어둔 걸음 조심스러워
윗것들 동헌 댓돌 내려서는
기침 소리에도 소스라치는
상것으로는
감당할 수 없는

애비의 땅 불타는 노을
윤사월 건답 가슴
소용돌이치는 역심을
임이 어찌 알았으리

사당 가슴 붉게 물들이며
서운산 진달래 꽃그늘
쿨럭쿨럭 무너지는 험한 시절
더 험한 삶을
임이 어찌 알았으리

대대로 풀 수 없는 족쇄 채워
애비 에미 상것 아래 상것으로
천민의 피는 붉었고
가슴에 담아 숨긴
뜨거운 말씀 하나

한울님이 백성이시고
백성이 한울님이시니

*

말씀은 상것들 눈뜨게 하고
말씀은 상것들 언 가슴 뜨겁게 하고
말씀은 상것들 고단한 삶 넉넉하게 하고
말씀은 상것들 붉은 주먹 움켜쥐게 하고
말씀은 상것들 상스러운 피 일으켜 세워
상것들 가슴에서 가슴으로

콸콸 소리 내며 흘렀나니

나라님도 버린 상것들
양반님네 내친 상것들
차마 버리지 않으신 한울님
억울하게 뒤집어쓴 세상
억울하게 뒤집어쓴 핏줄
억울하게 뒤집어쓴 역심
아시는 한울님 백성님

삼강오륜 시퍼런 칼날 아래
상것은 상것으로 더욱 낭자해지고
윗것은 윗것으로 더욱 찬란했느니
음양오행 우주의 섭리를 믿던
이 땅 대대로 어리석은 백성들
어리석어 평화롭던 상것들

유가의 무거운 맷돌 아래
갈리고 갈리어
물거품 피거품 이루었나니

윗것들 질탕한 계집놀음 족벌놀음 세도놀음에
밟히고 찢기고 패대기쳐진 상것들

애비의 역심은
밟히고 찢기고 패대기쳐진 상것들끼리
멍든 등 서로 기대고 어루만져 감싸주며
단군님 나라님 섬기던 하늘
상것들 더불어 섬기어

한울님이 섬기는 교주님
교주님이 섬기는 접주님
접주님이 섬기는 접사님으로
애비는 두렵고 두려웠나니

꽃가슴 흙가슴

삼남의 꺽진 남정네들 설레는
사당 되어 안성 청룡 사당 되어
소고만 들어도 돈 나오고
사당 되어 안성 청룡 사당 되어
치마만 들어도 돈 나오고
사당 되어 안성 청룡 사당 되어
줄 위에 오르면 돈 쏟아지고
사당 되어 안성 청룡 사당 되어

바람결에 떠나던 임이여!

바람 끝 멈추면
정처 없는 발길도 멈춰
난전마다 판 벌여
웃음 팔고
살꽃 파는
아린 딸 바우덕이
떠돌이 사당길

애비 뜨건 가슴으로
남접 북접 사발통문 돌리던 역심길

그 길 위에
부황 뜬 날들 흐르고
애비의 어두웠던 세월 말없이 흘러
어둠은 어둠으로
애비의 뼈 마디마디 밝혔던
횃불을 끄고
에미의 서러운 강물은
서러운 모습으로 흘러
열세 살 임의 꽃가슴
적시며 저물었나니

*

열세 살 여리디여린
임의 살꽃 짓밟아
새파란 사타구니 흥건한 꽃물 핥으며
경련 멎은 작은 손에 쥐여준
양반님네 은전 한 닢

괴나리봇짐 속 깊숙이 넣어두고
사당길 떠날 때마다 꺼내 보았던
임의 열세 살 기막힌 해우채
거사님 눈 부라리며 목을 졸라도
끝내 내놓지 않았던
첫 살꽃값 은전 한 닢
마지막 기둥서방 손에 쥐여주며
모시 입성 한 벌 정갈하게 지어 입고
훠이훠이 떠나라던
임의 당부 기역하고
구천의 하늘길 떠나는 노잣돈으로
임의 고운 잇새에 물려준 은전 한 닢
임은 열세 살 풋내 나는
살꽃값 지니고 눈물길 떠났나니

남사당패 신명 나는 웃다리 풍물 마당
임이 치던 상쇠 소리 가락가락 뜬쇠의 고뇌 박혔더니
팽팽한 줄 위 긴장 감도는 버선 끝
아랫것들 앙가슴 자근자근 밟아
양반님네 거드름 자욱한 걸음새
녹두장군 위풍도 당당한 걸음새
산천 가득 코끝 매운 웃음이더니

청룡천 급한 물소리에 누워 한 백년
누구도 임 일으켜 세우지 않고
누구도 임의 돌무덤에 핀 이끼꽃
꺾을 수 없네

돌개바람

피반령 바람 불어
돌개바람 불어
풍문처럼 봄이 오고
돌개바람 피반령 고갯마루
황토 흙멍석 옹골찬 백성 마음
말아올리네

소백산맥 줄기줄기 풍문처럼 봄은 와
버들개지 물오르고 냉이 꽃다지
기지개 켜며 삼동 나 허리 풀린 흙
살포시 비집고 나와 상기도 뿌연
하늘 자락 잡아끄는 봄 봄
노오란 봄

황사바람 헤치며

피반령 넘어간 초군들
짚신 자국마다 흥건한 눈물 핏물

되짚어 내려오면
영 아래 첫 동네 머굴 마을
초군 떠난 빈 마을

군역 요역 무거운 세금
원성 자욱한데
흉흉한 풍문은
봄보다 먼저 영 넘어와
머굴 마을 빨래터 술렁대고
읍내 장터 화사한 술청 술렁대고
저문 산줄기 어둠 속에 술렁대고
저문 강물 밤안개 속에 술렁대고
저문 들판 바람 속에 술렁대고
풍문은 봄보다 먼저 와
검은 땅 회인 땅
술렁대네

초군 뿌리 들뜨게 한
섞 삭일 수 없는 땅
뒤집어놓겠노라

시퍼런 조선 낫
새벽마다 숫돌에 갈며 들끓는 피

*

삭정이 같은 육신 한 짐이고
가파른 산길
가파른 가슴길 헛디뎌
멀고 먼 하늘길 구천의 황천길
한달음에 내달은 돌이 에미
서러워 눈 못 감겠다던 못난 사람
서러워 돌이 두고는
서러워 초군 지아비 두고는
고달픈 한 생 접는 일
쓸쓸하고 어두워 뒤돌아보고
뒤돌아보던 혼백
섧은 사람 붉은 무덤

*

파릇파릇 촉 트는 그리움
봄밤 아리게
이녁의 모진 맘 허물어내려

이 봄 가기 전
장딴지 탱탱히 오르는 힘

물것들을 넘어 한바탕
윗것들을 넘어 한바탕
나무 지게 목발을 넘어 한바탕
피반령 구름을 넘어 한바탕
초군 수백 수천 떼 함성이면
벌채 금지 무슨 소용이며
의법 처단 무슨 소용이랴

법은 윗것들 붓끝으로 서고
세상은 아랫것들 함성으로 서는데
들끓는 피 돌이 애비는
훗날 태어날
바우덕이 할배

서른세 살 초군 두목
두목 위에 초괴
초괴 위에 좌장
좌장 위에 좌상 있어
산맥 줄기줄기 경계 따라
네 산 내 산 다투지 않고

갈잎 솔잎 긁어모아
등짐 산짐 지어다가
저잣거리 켜켜이 쌓아두고
양반님네 지주님네
저 거드름 사대부 집
당당한 아궁이마다 불 지피면
초군 붉은 잔등에
풍문처럼 타오르는 불길

서른세 살 초군 두목
걱실걱실한 사람
정 많고 생각 깊고 말수 적어
산맥 같은 사람
제 가슴팍보다 작은
땅뙈기 얻어 부치며
나라님 땅 얻어 부치며
하해 같은 나라님 은혜
감복하던 시절도 있었네

수탈이 덜했던 시절
얻어 부치는 땅이 나라님 땅이
제 땅인 줄 모르던 시절

감지덕지 살아가던 시절은
그랬구나 그랬구나
이 땅이 뉘 땅이며
이 백성이 뉘 백성인데
나라님 대대로 말아먹은 땅
윗것들 대대로 짓밟은 백성
땅은 땅끼리 아리고
백성은 백성끼리 아린데

*

봄갈이 쟁기날에 넘어박히는
애비의 흙가슴인데
앙가슴 깊이 갈아
이랑 깊은 핏길 내고 싶은
애비인데 애물 자식 돌이 녀석
소 코뚜레 잡아채어
이랴 낄낄 이랴 낄낄
애비 무거운 가슴
철없이 일으켜 끄네

임술년 봄은
농투성이 흙가슴에 지핀 불길

나무꾼 덤불 가슴에 지핀 불길
타올라 타올라
높새바람 탄 풍문처럼
하늬바람 탄 풍문처럼
삼남 고을고을 번지는 들불
경상도 땅
진주 단성 인동 함양 선산 현풍
휩쓸고
전라도 땅
능주 무주 영광 무장 정읍 강진
휩쓸고
충청도 땅
은진 공주 희덕 청주 문의 진천
휩쓸고
일진광풍으로 조선 팔도
휘돌아가네
피반령 고개 야밤으로 넘나들며
삼남 무성한 불길 은밀히 나르는
초군 두목 돌이 애비 들끓는 피

임술년 봄은
흉흉한 풍문의 봄
어쩌자고 그 봄에

회인현 사대부 집
저 피반령 고갯마루
깊숙한 산판까지
벌채 금지 입산 금지
초군 목 조르는 엄명 내려
초군 핏발 선 눈에
불 댕기는가
불 댕기는가

임술년 오월 열나흘

일어서라!
초군이여!
함성은 우리들의 힘!
천성은 우리들의 낫!
비루한 삶을 던져서 새 세상
비천한 생을 던져서 새 하늘
초군이여!
일어서라!

초군 두목 돌이 애비

피 토하듯 외치며
좌상 어른 앞에 무릎 꿇을 때
떼함성 일어나
상수리나무 들끓고
물푸레나무 들끓고
오리나무 들끓고
소나무 팽나무 들끓어
좌상 어른 눈빛 불붙고

돌이 애비 붉은 몸 활활
타오르네

하늘 낮아지고
좌상 어른 지그시 감았던 눈 치떠
우러르는 하늘

하늘은 아시리
이 억울한 백성들
이 불쌍한 상것들
하늘은 아시리

좌상 어른 목이 잠기고
수백의 초군들 봉두난발에

질끈 동이는 흰 수건
고쳐 잡는 농구들

*

쇠스랑과 쇠스랑이 부딪쳐 한울음
분노와 분노가 부딪쳐 한울음
함성과 함성이 부딪쳐 한울음
산줄기와 산줄기가 부딪쳐 한울음
우렁우렁 산울음
수백 년 안으로 삼킨 피울음

앞장선 초군 두목 돌이 애비
실팍한 등줄기 푸르르 떨리고
성난 초군 무리
남루한 고의적삼 깃발처럼 날리며
벌채 금지 목 조인 양반님네
고대광실 높은 용마루 찍어내리고
저 거드름 팔자걸음 찍어내리고
헛기침 헛웃음 찍어내리고
곳간 채운 욕심 찍어내려

구름처럼 모여드는

부황 든 아낙들 치마폭 넘치게
입쌀 부어 진휼환곡하네

탐관오리 집집마다
아전서리 집집마다
초군 마른 가슴 태운 불길 번져
하늘 찌를 듯 솟아오르는 분노
불길이 분노를 이끌고
분노가 불길을 이끌어
징벌의 아수라장

초군님네 날 살려주시오
벌채 금지 풀어주고
환곡 이자 탕감할 것이오
치사스런 목숨 구걸하는 현감 나으리

어허 좋을시고
벌채 금지 풀리네
어허 좋을시고
환곡 이자 탕감이네
천지개벽 새 세상
상것들의 세상
환하게 열리네

임술년 오월 열나흘

덩기덩기 바우덕이

대역 죄인 실은 수레
피반령 고개 오를 제
어린 돌이 수레 뒤를 따라가며
울지 않았네

애비는 수레에 갇혀
울울한 숲을 보며
철들며 세상 알며
가슴속에 숨겨 가꾼
울울한 숲을 보며
목메는 나무 타령 청 좋은 소리
산안개를 흩뿌리고
오리나무 개암나무
바스락대는 잎잎들
귀 열고 젖네

낭글 심어 낭글 심어
정승 판서 북돋우고
감사 군수 물을 주어
단 두 가지 키운 낭게
무슨 영화 열었던고
한 가지는 해가 열고
한 가지는 달이 열어……

산판 오르내리며
분분한 눈발 속에
하염없이 화주를 기다리며
지게 목발 장단 치던 나무 타령
돌이도 따라 부르며
목메네

좌상 수레 영 넘어가고
좌장 수레 영 넘어가고
초괴 수레 영 넘어가고
초군 두목 태운 수레
마지막으로 영 넘어갈 때
포졸 한 사람
어린 돌이 어깨 잡아
돌려 세우는데

애비 그윽한 눈빛
깊고 깊은 눈빛
천 마디 만 마디
말을 담아
뜻을 담아
어린 자식 깨우네

이 땅 어둠은 언제 가는가
이 땅 새벽은 언제 오는가

*

어린 관노 돌이 녀석
밤마다 품에 안고
애비는 초군 위해 죽었노라고
불쌍한 백성 위해 죽었노라고
좋은 세상 오면
노비 신역 풀릴 거라고
힘이 되어준
엇쇠아재

돌이 엉덩짝이 벌어지고
어깨 돌처럼 단단해져

장정이 되어가는데

엇쇠아재 야심한 밤 열어
한울님이 백성이시고
백성이 한울님이시니
사람 위에 사람 없고
사람 아래 사람 없어
아랫것 윗것 한울님 앞에
평등하다는 수운님 말씀
더워지는 돌이의 피

사람이 성을 깨닫는 것은
다만 자기 마음과 정성일 뿐
마음을 스스로 깨달으면
그 몸이 곧 한울님인 것을

마음 밖에 하늘 없고
마음 밖에 이치 없고
마음 밖에 사물 없고
마음 밖에 조화 없으니
이 모든 것을
돌이 네 마음에서 구하거라
엇쇠아재 가르침에

돌이 귀 열리고 뼈마디 열리네

늙은 노비 엇쇠아재
젊은 노비 모아놓고
밤늦어 전하는 한울님 말씀
어느 노비 밀고로
장형 일백 무거운 곤장 아래
가랑잎 같은 몸 가누지 못해
장독으로 죽어가며
꿀꺽꿀꺽 서러운 울음 삼키고 섰는
젊은 노비들 향해
하늘 가리켰네

가이없는 하늘 가리키던
피 묻은 옷소매
돌이 무릎 위에 떨구는 엇쇠아재
무서운 세금 감당할 수 없어
스스로 관노가 되었던 엇쇠아재
형형하던 눈빛 닫았네
형형하던 분노 닫았네
형형하던 한 생 닫았네

*

동학 공부 연루되어
공노비 신세에서
이 진사 댁 사노비로 팔려
소처럼 일하고
말처럼 내달아온 돌이 녀석
달에 구름 가듯 세월 흐르고
세월처럼 풍문도 흐르고
풍문처럼 민심도 흘러
회인 땅은 태평하였네

윗것도 없고 아랫것도 없다던
한울님은 어디 계시온지
나라님이 바뀌고
고래등 같은 대궐이 다시 서고
대원위 대감 골칫거리
서원이 철폐되고
장김 육십 년 세도 무너지고
양이들 이 땅을 기웃거리는데
회인 땅은 태평하였구나

청지기 돌이 나이 서른 넘어
초군 애비 효수된 나이

떠꺼머리 노총각으로
초례청 넘나들며
도령님 육례 준비에 바쁘고
사모관대 쩍지게 차려입은
도령님 백마 타고
청사초롱 앞세워
솟을대문 들어설 때
머굴 노비 돌이 가슴 뛰네

저 아름다운 족두리 하님
숨막히는 족두리 하님
새아씨 몸종으로 따라와
봉당에서 향기 나고
정지에서 향기 나고
우물에서 향기 나
행랑채 봉창 밤마다
달덩이로 떠오르는 족두리 하님
몸살 앓는 노총각 돌이

봄밤 깊어 배꽃 소리 없이 지고
소쩍새 울음 노총각 돌이 헛헛한 가슴
저미며 저미며 서러운데
치맛단 소리 죽여 끌며

족두리 하님 쪽대문 밀고 나와
배꽃 아래 섰네

청지기 노총각 서글서글한 눈빛
족두리 하님 열여섯 풋가슴 불 질러
봉당에서 정지에서 우물에서
시시때때 모닥불이었네

배꽃 지는 밤
청지기 노총각
어둠처럼 다가와
달큰한 밤안개로
족두리 하님 묶었네

하님 하님 족두리 하님
내 가슴 흐드러진 족두리꽃
하님 하님 족두리 하님
내 가슴 콸콸 흐르는 뜨거운 정
하님 하님 족두리 하님
내 가슴 넘치는 쇳물
하님 하님 족두리 하님
내 가슴 하님 가슴 하나인 가슴

족두리 하님
청지기 노총각 넓은 가슴에
달아오른 귓불 묻을 때
달빛도 수줍어 구름 속을
잰 걸음으로 흐르네

*

족두리 하님 아내로 맞아
청지기 면한 노총각
이 진사 댁 마름으로 외거 노비 된 후
하늘은 밤으로 지극하고
땅은 낮으로 지극하더니
족두리 하님 달덩이 삼켜
달덩이 같은 딸
왼 가슴에 안았구나

덩기덩기 내 딸이야
금지옥엽 내 딸이야
무병장수 바우덕이라
복덩어리 바우덕이라
노비 세역 일신에 한하면
내 딸 바우덕이

평민으로 상민으로
얼굴 들고
번듯한 이름 석 자
김암덕 지니고
떳떳하게 살게 되었다니
노비 신세 풀어준
나라님 은혜도
바우덕이 너 태어나며
안고 나온 큰 빛

한울님 뜻 아니던가
한울님 뜻 아니던가

푸른 꿈 붉은 꿈

금강 유유한 흐름 위에
가을 햇살 푸르게 세우나니
이 땅 살다 간 백성들
마음도 저랬으리

온갖 궂은 세월 껴안고
밤 지새 흘러
새벽 갈대숲 깨우며
인정 도타운 강안개
그들먹한 산맥 피어올라
험한 산세 도닥여내린
부드러운 산자락마다
지경 다져 주춧돌 놓게 했느니
이 땅의 백성들
풋풋한 정 쌓으며 오곡 가꾸며

강 같은 자식 길렀으리

저 강 거슬러 오르면
물 맑은 지류 보청천
시린 물 속에 첩첩한 산줄기 눕고
피반령 거꾸로 잠겨
활활 타오르는 단풍 불보라
상수리나무숲 붉은 단풍 헤치며
가을 햇살 줍는 바우덕이
봄 산그늘 진달래 꽃잎 따다
에미 달큰한 적삼 헤쳐
발그레한 젖꼭지 세우더니
여름숲 느릅나무 우거진 잎새 돌아가
시원스레 오줌 줄기 갈기고 일어나
쫑긋 귀 세우고
포롱포롱 산새 소리 넋 잃더니
가을 햇살 주우며 꿈꾸고
산내음 하늘 내음 주우며
꿈꾸는 바우덕이

바우덕이 꿈은
속 푸른 애비의 꿈
속 붉은 에미의 꿈

양반은 양반끼리 따사롭고
창부는 창부끼리 따사롭고
노비는 노비끼리 따사로웠나니
양반 창부 노비 어우러져
아랫것 윗것 덩실덩실 어우러져

한웃음 나누며
한솥밥 나누며
한마음 나누며
해맑은 하늘 자락
푸르른 인정 자락
펼쳐보는 일
애비의 속 푸른 꿈

에미의 속 붉은 꿈
마님 시퍼런 서슬에 자지러지는 뼈마디
마님 야멸친 턱짓에 무릎 닳는 병 깊은 세월
질기고 모진 삼베 홑적삼으로 견디며
바우덕이 곱게 길러
벙그는 꽃봉오리 보는 일

하늘 같은 서방님 넓은 등짝

달빛 푸른 밤이면 더욱 푸근하고
베틀 감아올리던 허리
달빛 감겨
황토맥질 새 흙내 그윽한 바람벽
둥근 달무리 어리나니
접사님 서방님
족두리 하님에게
이 어이 한울님 아니리

*

돈냥이면 사고파는 벼슬
재물이 벼슬이고 벼슬이 핏줄이던
미친년 널뛰던 시절
백패 없는 이 진사 어른
나라님이 풀어주라는 노비 문서
장롱 속 어둠 깊이 묻어두고
양반 행세 이골 나
토색질 계집질 질탕한데
반반한 계집 보면
입 안 가득 군침 돌고
반반한 땅뙈기 보면
핏발 서는 도끼눈

족두리 하님
실팍한 엉덩이에
남모르는 눈빛 주기 몇 년
주인님 양반님 실없는 웃음도
섬뜩한 살로 가슴에 박히는
족두리 하님
물동이 내리는 언 손
슬며시 잡아보는 양반님
소스라쳐 놓친 물동이
근엄한 수염 적셔
길길이 뛰는 주인님 양반님
풀어보지 못한 욕정 분노로 이글거려
울안 동백꽃 지나니
언 땅 무릎 꿇고
흐느끼는 족두리 하님

어린 바우덕이 에미 옆에 무릎 꿇고
고사리손 모아 어른님 양반님
용서해주시어요 울음 삼키는데
숨죽여 이를 보는 아랫것들

앙가슴 깊이 지지직 달군 인두

후비고 지나가
불자국 남네

바우덕이 애비
계집 건사 못한 죄로
곤장 서른 대에
양반님 주인님 노여움 풀릴까
살이 터져
떨고 섰는 바우덕이
파란 입술에
애비의 핏물 튀던
분한 세월

주인님 추근거림
가슴속 서늘한 비수로
비껴가는 하늘빛은
왜 그리 노랗던가
이대로 말라 죽느니
야반도주로
노비 신역 면하자는
족두리 하님 애원
도망한들 피반령 넘기 전
금강 나루 건너기 전

물고 넬 추쇄당해
고운 이마 도망 노비 낙인찍혀
에미 애비 따로이 팔려가면
저 어린 바우덕이
누가 거두며
푸른 꿈 붉은 꿈
어이 이룰 거냐고 타이르며
살 떨리는 울분 삭이는 지아비
비수는 지어미보다 먼저
지아비 가슴에 박히네

보아라 저 솟구치는 민심을

가을걷이 추수 마당
앞산 같은 고봉말로 되어
마당통으로 받던 소작료
말전 훑어 가량통으로 받으며
베잠뱅이 따뜻하게 차오르는 마름 노비

농투성이 주린 창자
덜 받은 소작료만큼 더워졌으리

생각만으로 환해지는 저문 들녘
보은 대도소에서 돌아온 사발통문

교주님 억울한 참수
누명 벗길 삼례 집회
동학 펼칠 삼례 집회
임진년 동짓달 초하루로 날 잡혀
마질하는 마름 노비
마음 더욱 바쁘고
소작 농사 허기진 농투성이들
마름 노비 접사 노비 숨 가쁜 눈짓
이심전심 주억거리는 봉두난발

조선조 오백 년 가렴주구의 잔치는
파장에 이르러
왜놈 공사 사무라이 이끌고 근정전 짓밟고
양이들 조용한 은자의 나라
물속 같은 아침을 더럽히는데
이 땅 정기 바로 세우고
이 땅 넘보는 오랑캐들 몰아내고
이 땅의 사람들 서로 따슨 등 기대자는
수운님 말씀

죄 되어 효수 삼십 년
죄 되어 속불씨 삼십 년
안으로 타던 불길

동지 매운 바람 속
눈발 펄펄한 삼례역
저 질펀한 만경뜰 불 지를
불씨 하나씩 가슴에 담고
모여드는 수천 동학도
함성 죽여도 스스로 울렁이는 만경뜰
불씨 숨겨도 스스로 타오르는 만경강

마름 집사 바우덕이 애비
뼈마디 우렁우렁 울고
더운피 솟구치는데

매월님 피 맺힌 호소
전라 감사 귀가 열릴까
수탈 토반 눈이 열릴까
능욕 아전 마음이 열릴까

동학이 혹세무민 사교라면
보국안민 뉘 일이며

사흘이 멀다 하고 드나들어
정월 대보름 지나고도
씨나락 고르는 일손 놓았네

쟁기 쇠스랑 곳간에서 녹슬고
숫돌에 물 먹여본 지 오래
마른 수로에 햇살 가득한데
흐르는 것은 흉흉한 민심
보은 장내 수만 인파 모여들고
바우덕이 무동 태운 마름 접사
불끈불끈 힘이 솟는데

접을 알리는 깃발 오르고
펄럭이는 깃발 보았으리
순하디순한 사람의 물결
막힘이 없는 민심의 흐름
보았으리
보았으리

왜놈 몰아내는 땀 밴 손바닥
양놈 몰아내는 땀 밴 손바닥
그 손바닥 모아 한울님께 빌고
그 손바닥 모아 나라님께 빌고

뜨건 발바닥 꽝꽝 땅 구르며
영원히 식지 않는 마음 다지는데
바우덕이 너 보아라

저 펄럭이는 깃발을!
저 출렁이는 산하를!
저 솟구치는 민심을!

장대 끝 바람 소리

갑오년, 솔개 한 마리 높이 떠
며칠째 피반령 고갯마루 맴돌아
산빛이 변하고
묵어자빠지는 논밭
묵어자빠지는 민심
바우덕이 애비 숭숭한 가슴에
망초 무성히 올라
물소리 새소리 떠났네

에미 닮은 바우덕이 눈웃음도
물소리 새소리 아닌데

남접 북접 사발통문
옷소매 불붙던 마름 접사
붉은 남도 땅 고부에서 타올라
걷잡을 수 없네

수운님 뜨거운 말씀
기름 부은 불바다
호남평야 번져
차령산맥 타고 넘어 평택평야 태우고
노령산맥 타고 넘어 나주평야 태우고
소백산맥 타고 넘어 김해평야 태우고
삼남 마른 땅 검불 백성
춤추는 불바다

불이 부른 먹구름 비구름
삼남에 꽂히는 장대 같은 빗줄기
산허리 무너져내리고
범람하는 강물에
뜨는 녹두꽃
새들도 젖은 날개 퍼덕이며
콸콸한 황토 흙물 뜨네

*

한밭 동학군 마름 접사
충청도 강외 땅에서
진압군 칠십 장졸 들뜬 함성
쇠스랑으로 찍고 죽창으로 갈라
미호천은 붉은 몸을 하고 흘렀나니
한양으로 진격해 올라올
남접 동학군 기다리다
억수 장맛비 미호천 백사장
등줄기에 무성하였네
문의 옥천 회덕이 흙탕물에 휩쓸리고
청산 진천 보은이 물속에 잠겼네

                              *

한울님은 어디 계시온지
족두리 하님 새벽마다
정화수에 무운 빌던
한울님은 어디 계시온지
바우덕이 에미 옆에서
고사리손 합장하던
한울님은 어디 계시온지

솔개 한 마리 높이 뜨고
저잣거리 대나무 장대 높이 올라
부릅뜬 눈 감지 못하고 마름 접사
봉두난발 비 젖어
대나무 장대 빗물 핏물 흐르는데
접사 노비 장대 끝에서
서른 몇 해 살아온
회인 땅 둘러보고

노령산맥 피 맺힌 피반령 향해
저잣거리 웅성거리는 정든 사람들 향해
쩌렁쩌렁한 포효

한울님이 백성이시다!
한울님이 백성이시다!

소리치지만
우우우우 터지지 않는 목소리
우우우우 장대 끝 바람 소리

*

한울님은 어디 계시온지

족두리 하님 입에 문 비수
파르르 떨리고
겁에 질린 바우덕이
그림같이 차가운데

한울님은 어디 계시온지
바우덕이 앞에 꼬꾸라지는
족두리 하님 섬뜩한 비수 끝
동백꽃잎 피었네
족두리 하님 뒷목덜미
부신 살결 찢고
동백꽃잎 피었네

에미 흔들어 깨우는 바우덕이
온몸에 동백꽃 만발하고
꽃향기 토담을 넘는데

바우덕이 저잣거리 내달아
애비 높이 오른 대나무 장대
빗물 핏물 흐르는 대나무 장대
미친 듯이 끌어안고
끝없이 도는데
하늘이 따라 돌고

사람이 따라 돌고
노령산맥 그렁한 산줄기
따라 도는데
회인 검은 땅에
뿌리 깊은 검은 돌머리 위
젖은 하늘 높이 뜬 솔개 한 마리

넷째 마당 **하염없는 물길 몸길**

저승패의 노래

바람 따라
구름 따라
물길 따라
사람 따라
하염없이 흘러온
서럽고 비천한 세월

길에서 태를 자르고
길에서 배시시 솜털을 벗고
길에서 초경을 맞으며
길에서 살아와
길은 밥이고 잠이며
길은 꿈이고 강이며
길은 정분이고 산맥이며
길은 장단이고 한숨이며

길은 가락이고 눈물이며
길은 너름이고 채찍이며
길은 버슴새였나니
사당패 떠돌이 연분홍 길은
저승패 삭정이 가슴에 나 있는
하염없는 물길 몸길

젊으나 젊은 시절에는
비릿한 꿈도 있었네

꽃잎 같은 사당 업어 건네던
달빛 나루 송파
살냄새 분냄새 질펀한 백사장
사당 거사 달빛에 뒤엉켜
뜨거워진 몸 서로 길 내던 밤
밤 지새 강물은 흘러도 마르지 않고
달맞이꽃 무수히 강물에 떴었네

강물 소리 젊은 사당 푸르른 뼈 속에서
시린 정 차고 넘쳐
급한 물살 돌아나가지 못하고
맴돌기만 하는 여울목

젊은 거사 힘찬 살 저어
적벽에 사당 신음 흐르고
적벽에 사당 꽃물 흘러
젊은 거사 구리등 적시던
나른한 백사장에는
꽃잎 같은 사당
흐벅진 살꽃 만발이었네

*

소리북 하나도 힘겨운
저승패 되어
삭정이 되어
어름사니 사당년
장단이나 짚어주는 매호씨로
고름 흐르는 세월 견디지만

소리꾼으로 날리던 시절
운봉 구례 순창을 휩쓸어
구름을 모으고 흩던
물길을 돌리던
산맥을 틀던
동편제 빼어난 소리꾼

가문 더럽힌다
파문당하고
미련 없이 발길 돌려
소리북 하나 살점처럼 아끼며
조선 팔도 떠돌다 만난 사당패

정은 정으로 목마르고
살은 살로 목마르고
소리는 소리로 목말랐나니
꽃잎 같은 사당
꿈속에서도 업어 나르며
영마루에 띄워 보낸
판소리 열두 마당은
피울음으로
어느 하늘 끝 맴돌겠네

폭포 역류시킬 타고난 수리성
득음 위해 똥물 마시고
득음 위해 오장육부 쥐어짜
피를 토하던 날
기진하여 널브러진 자식에게
광대나 되라며
애비 던진 목침 이마 맞아

낭자한 선혈 대청마루 적시는데
에미 혼절하고 종갓집
대들보 부러져 내릴 적에
온몸 핏발 선 애비 앞에
큰절하고 물러나며
광대가 한 자락
눈물로 펼쳤던 기억도
아득한 저승패

인간의 부귀영화 일장춘몽 가소롭고
유유한 생이사별 뉘 아니 한탄하리
거려천지 우리 행락 광대 행세 좋을시고
그러하나 광대 행세 어렵고 또 어렵다
광대라 하는 것이 제일은 인물치레
둘째는 사설치레 그 직차 득음이오
그 직차 너름새라 너름새라 하는 것이
구성지고 맵시 있고 경각의 천태만상
위선위기 천변만화 좌상의 풍류호걸
구경하는 노소남녀 울게 하고 웃게 하는
이 귀성 이 맵시가 어찌 아니 어려우며
득음이라 하는 것은 오음을 분별하고
육률을 변화하여 오장에서 나는 소리
농락하여 자아낼 제 그도 또한 어렵구나

저승패 주름 많은 얼굴 위로
서늘한 달빛 강물로 흐르네

살꽃 눈물꽃

휘영청 달은 밝고
관솔불 깊은 하늘 타오르는데
사당 법고 불꽃 따라
울림을 깔고 뼈를 세우면
피고름 든 저승패 가슴 한쪽
소리 없이 무너져내려
산 그림자에 눕고
꽃잎 같은 사당들
넋 나간 상것들 앞에
무지개로 서서
애간장 녹이는 산타령

놀량사거리로
상것들 늘 축축한 마음
다독여 모으고

앞산타령 뒷산타령 도라지타령으로
신명 많은 상것들
뜨거운 핏줄에 불 댕기고
긴방아타령 자진방아타령 경복궁타령으로
상것들 한숨 소리
명주실처럼 묻어 나올 때쯤
관솔불 하나 둘 꺼지고
개복청에선
선해우채 치르고
사당패 놀이판 끝나기를 기다려
북적대는 사내들

왈짜 노비 병신 노총각 홀애비
썩은 입내 풍기고
양반님네 파락호
안하무인 거드름 피우는데
사내들 분냄새 살냄새 앞에서
무엇이 다르랴
윗것은 윗것으로
하복부 펄펄 끓는 쇳물 넘치고
상것은 상것으로
탱탱하게 일어서는 산맥 하나
사타구니에서 슬픈 것을

놀이판 끝내고
우르르 쏟아져 들어오는
꽃잎 같은 사당들
해우채 높은 값 따라
모가비는 사당과 사내 짝짓고
사내들 짝이 된 사당 덥석 안아
어둠 속으로 사라지는데
거사들 어둠 한 귀퉁이
더 진한 어둠의 덩어리로 둘러앉아
제 계집 안고 가는
사내들 등 뒤에
어둔 눈빛 강물처럼 주네

*

이 밤
몇 사내나 맞아
험하고 거친 숨결 아래
꽃다운 나이를 누이고
살꽃 눈물꽃 이울어
찬 이슬에 희고 아름다운
발등 적실지

64

황토 흙먼지 이는 가슴팍

흙비처럼 내리는

슬픔 지그시 밟고

어둠 속에

젖은 눈 뜨고 있는

사당 법고 앞에 묵묵한

산으로 서는 저승패

저 숨막히는 배김새 풀고

오색 북채 잡아

허공을 쳐도

사당 법고 울고

사당 가슴 울고

테를 쳐도

산어둠 울고

밤안개 우는데

사내들 단내 나는

사타구니 아래

꽃잎 찢기며

꽃물 흩어져

까무러치는 사당

풋가슴 둥둥 울리는

북소리

북소리 무거운 울림 따라
황촛불 일렁이고
한지창에 넘어박히는
육덕 큰 그림자 아래
명주 찢듯 가파른 비명
북소리 지우네
저승패 삭정이 가슴
소슬하니 지우네

피반령 뜬구름

죽어 불타는 애비의 눈빛
우우 터지지 못하는 호령 소리
노령산맥 줄기줄기
울울한 숲으로 서는 밤
동학 동무들 시신 거두어
떠나는 산역길
댕강 잘린 애비의 꿈
핏물 흐르는 애비의 말씀 끌어안고

함께 묻어달라
몸부림치는 바우덕이
상두꾼 소리 죽인 만가로
달랠 때
어둠도 울고 산도 울고 바람도 울었네

오허아 오허어아 어기야 넘차 어허아

나는 가네 나는 가네
북망산으로 나는 가네
저승길이 멀다 하니
대문 밖이 저승일세
이제 가면 언제 오나

오허아 오허어아 어기야 넘차 어허야

동학 접사 우리 동무
전생 후생 무슨 죄로
목 잘리어 꿈 꺾이고
찬비 속에 누웠는가
요악스런 양반님네
동학 동무 물고 내려
서학이라 이름하고

온 천하에 외는 말이
시망스런 저 동학도
용담에서 명인 나서
범도 되고 용도 되고
녹두장군 되었으니
세상 사람 떠받들고
관청 관원 능멸하고
삼천리를 경영하리

오허아 오허어아 어기야 넘차 어허아

노령산맥 어둔 뼈마디 녹아내리는
바우덕이 귀곡성 울음소리
상수리나무숲 검은 잎이 되어 숨고
계곡 피어오르는 새벽 이내
평장으로 묻힌 노비 접사
붉은 무덤 흐리어
소쩍새 피울음 눈물로 지네

장터국밥집 봉놋방에서
밤 밝힌 바우덕이
새벽잠 든 동학 동무들
황토 흙감발 타고 넘어

피반령 고갯길 오르는데
머굴 마을 낮은 초가지붕들
부스스 잠 깨어
이마 마주 대고
새벽 하늘에 올리는 아침 연기
어린 가슴 자우룩하게 차올라
콧물 눈물 매운
피반령 고갯길
이슬 젖은 황톳길
노령산맥 감돌고 돌아
바우덕이 눈물길
풀벌레 소리 작은 발끝으로 차며 오르는
아득하고 시리운 피빈령 고갯길

                    *

그렇게 떠난 역심의 회인 땅

바우덕이 등 터진 손에
쪽박 하나 들려 있네

누구도 거두지 않는 천덕꾸러기
아홉 살 부랑의 딸

때로 무서리 맵찬 바람
쪽박에 담아 울고
때로 시래기죽 보리 찬밥
쪽박에 담아 목메고
때로 억수 장맛비
쪽박에 차올라 굶주리고
눈치코치 서리서리
쪽박에 담아
안성 난전 떠도는 바우덕이

*

사람 많고 물화 많아
삼남의 떠돌이들 천금만금
꿈꾸며 넘는 엽전재
꿈 무너져 얼룩진 고갯길
시린 무릎으로 오르내리는
휘몰이 빈 돈바람
색주가마다 계집 웃음 질탕하고
거덜난 삼남의 떠돌이들
삿대질과 고함으로
안성 난전 더욱 풍요롭네

거덜난 신세라도
신명이야 어찌하랴
어깨 들썩이는 풍물 소리
안성 난전 홍청거리고
사당패 낡은 영기 앞세운
풍악 잡힌 거사들
신명 바람 한창인데
꽃잎 같은 사당들
가는 허리 꼬아
오색 바람 날리며
안성 난전 누비네

삼남의 꺽진 남정네늘
불콰한 웃음 흘리며
훠이훠이 질나래비춤으로
사당 엉덩이를 따르고
사당패 펄럭이는 영기
사람 속을 헤쳐
남으로 길 트면
풍악 잡힌 거사들
흐드러진 길군악 한 마당

사당패 낡은 영기

청룡천 거슬러 오르고
풍물 소리 고즈넉한
서운산을 깨우면
청룡사 청기왓장도
어깨 날 들썩여 영기를 맞고
스님들 함박웃음
저승패 손잡고 올라오는
바우덕이 앞가슴
소중하게 껴안고 있는
쪽박에 박혀 환하네

춘삼월 먼 산 그리메

이 땅 겨울 깊어
백성들 속내 붉은 역심
빈 들에 누워
인경 소리 긴 떨림 끝
흐느끼나니 빈 넋
빈 산하 떠도는 바람에 갇혀
찬 세월 보냈나니

얼음장 갇혀
속 푸른 생각 뜨겁게 옹골차게
안으로 다지며
도사려 앉은 영봉들
불끈한 심줄
얼음장 뒤에 숨기고
엄동의 한 세월

숨막히는 배김새로
흐름 멈춘 강줄기들
민심도 저랬느니

녹두꽃 메마른 가슴 숨겨
언 황톳길 지척지척 물러난
민심도 저랬느니

엄동설한 녹두꽃 피워낼
가슴은 덥고
흙 속살 부드러웠으매
순창 언 땅 듣지 않는 죽창
누구 탓이랴

경군 향해
양반 향해
왜놈 향해
푸르르 떨던 죽창
소총 유탄에 찢겨
끝이 핀 죽창으로는 지킬 수 없었던
순창 언 땅 녹두 한 알

변절은 꽃으로 아름답고

변절은 몸으로 풍요롭고
변절은 뜻으로 황홀하고
변절은 혼으로 넉넉하고
변절은 핏줄로 더럽다네

녹두꽃 흐드러지던
지난 여름
되놈은 되놈대로
왜놈은 왜놈대로
양놈은 양놈대로
꽃놀이 불꽃놀이 녹두꽃놀이 질탕했느니

지천으로 밟힌 녹두 꽃잎
이 땅 피로 물들인 녹두 꽃잎
그 꽃잎 하나
천하디천한 바우덕이 애비
그 꽃잎 하나
슬프디슬픈 바우덕이 에미
그 꽃잎 하나하나
이 땅 슬프도록 천하고
이 땅 슬프도록 당당한
동학군 농투성이들

꽃이 꽃을 배신하면 그 꽃
더욱 아름답고
살이 살을 배신하면 그 살
더욱 애틋하고
피가 피를 배신하면 그 피
더욱 살갑지 않던가

이 겨레 이 백성
변절과 배신으로
녹두 한 알

땅에 떨어져 썩으면
수천 수만 녹두꽃
또다시 흐드러져
이 땅 덮겠거니

흐드러져 한울님 세우고
흐드러져 한 백성 세우고
흐드러져 한 세상 짙푸를 것을

*

을미년 스무아흐레

갈가마귀 한강 높이 날고
백성들 먹장 가슴 구름 몰려들어
오뉴월 장대비로 쏟아져내리는
눈물 빗물
수만 개 죽창 시름없이 쓰러지고
수만 개 쇠스랑 시름없이 녹슬고
수만 개 조선 낫 시름없이 무디어져
황토 흙물 뜨는데

외세 구름 찢고 우뚝 솟은
청죽창 끝 하나
우리들의 녹두꽃
서릿발로 피었네

살향기 피향기 산천에 뿌리며
서릿발로 피었네

피 젖은 조선 낫
제 살붙이 찍으며 통곡하고
피 마른 쇠스랑
제 발등 찍으며 통곡하고
고부 땅에서 보은 땅에서
진주 땅에서 안성 땅에서

원주 땅에서 해주 땅에서

먼저 진 녹두꽃들
피눈물 질펀이는 산하 딛고 일어나
큰 넋 흔드네

*

서운산 잔설 빗물 흐르고
모가비 청룡사 당간지주 끌어안고
피울음 삼키는데
청룡천 얼음장에 갇혀 있던
속 푸른 풍경 소리
봄장마에 깨어 일어나
차디찬 설움 조각 흩뿌려
모가비 남루한 가슴
진저리치는 피울음

낙화로다
큰 꽃
녹두꽃 억울한
낙화로다

백성이 한울님이시라던 말씀
청죽처럼 세우시더니
춘삼월 먼 산 그리메 잠긴 빗줄기 속
낙화로다
억장 무너지는 낙화로다

돌아다보면 아득한 세월
전라도 고창 땅 호령하던 양반 가문
어린 녹두꽃 그때 이미 늠름했고
사랑마님 올곧은 호령
누가 감히 거역이나 했었는가

이눔 이 못난 눔 야반도주라도 하여
사람답게 살 생각을 해야제

사랑마님 불호령은
모가비 젊은 가슴팍에 쏟아 붓는
불화로였고
눈물 그렁이며
어둠 속에서 소년 노비 배웅하던
어린 녹두꽃

어찌할거나

양반 허풍스런 핏줄 삭아내렸고
귀골스럽던 풍모 풍찬노숙 골 깊어
가래 끓는 수리성 목쉰 가락만
앙상한 뼈마디 걸려
저 환장할 꽃샘바람
쇠북으로 울리네

바우덕이 고사리손
뜨거이 감싸쥐면
굴뚝새 작은 목숨
신비로운 파닥거림
찌르르 마른 손 타고 건너와
콧마루 시큰한 저승패

바우덕이 너 아느냐
돌다리 건너 청룡 마을
전주 이씨 양반 마을
상것들은 갈 수 없는
금단의 땅

저 양반 동네
턱없이 높은 턱짓 보거라
저 양반 동네

턱없이 높은 기침 소리 듣거라
저 양반 동네
턱없이 높은 벼슬살이 비켰거라
백정도 갓끈을 조일 수 있는 세상
한울님이 백성이시고
백성이 한울님인 세상은 언제라더냐

바우덕이 까만 머리 쓸어내리는
저승패 알알한 손끝

*

안성 서운산 청룡사 불당골
시린 골짜기
사당패 헐벗은 겨울 가고

골짜기에 버려진
빈 자궁 검붉은 서답
연분홍 진달래 꽃물 들이며
얼음기둥 꽃구름 피우는데

움막집 낮은 굴뚝
밥 짓는 연기 오르지 않네

서운산 가파른 중허리 넘어
안성 난전 떠도는 비렁뱅이로
각설이타령 구성진 가락 날려
사당 거사 끼니 에우고
쇠전거리 술국집
걸쭉한 막걸리 한 사발로
뼛속 파고드는 냉기 떨치며
비나리판 신명 많은
덕담 풀어 보시한 후
서산 붉은 해
사당 낡은 활옷 자락에 달고
휘이휘이 되넘는 서운산

움막집 차가운 구들장에도
봄내음 묻어들어
매캐한 흙바람 훈훈한데
젊은 사당들
들기름 심지 돋우어
알싸한 풋가슴 밝히면
행중 나설 설렘

고을마다 정분 튼 남정네

실팍한 등짝에
흐벅지던 달빛 그립고
강물마다 풀어내린
정한의 노랫가락
바람난 사공
애간장 녹이던 물길도 흥겨워
피가 뜨거워지는 사당들

애사당 바우덕이
젊은 사당 젖가슴 주무르다
먼저 잠이 들고
서운산 깊은 골짜기 빠져나가는
불당골 살 깊은 바람 소리

어름사니 땅줄 핏줄

네 이년
그래도 발끝에
오만 생각 모으느냐

저승패 추상같은 호령

자지러지는 마른 삭신
바우덕이 가랑이 타고
흘러내리는 뜨뜻한 오줌 줄기
미투리코에서 모락모락 김 오르고
마른 종아리 파르르 떠네

어름타기는 땅줄타기야
땅줄 못 타는 년이
어찌 어름 탄다더냐
땅줄 타고 나면
핏줄 타야 허는 게고
핏줄 타야 어름사니인 게야

저승패 검은 입꼬리에
게거품 일고
벌써 한나절이나
땅 위에 그은 금
허수아비 팔 벌리고
사지 눅신토록 건너다녀
땅 구름 되고
땅금 작두날 되어
구름 위에 타는 작두
강신의 저 어지럼증

주지스님 가사 장삼 들려 오르고
청룡사 퇴락한 용마루 들려 오르고
서운산 깊은 자락 들려 오르는
바우덕이 땅줄타기

                    *

조선줄 피로 물들이며
오이씨 버선발 옮기면
아뜩하게 내려다뵈는
검버섯 저승패
장구채 부르르 떨며
채편 높은 소리 틀어올려
조선줄 휘감네

오만 잡생각 버리라 하지 않더냐
땅줄과 다를 것 없다는데
조선줄 발끝에서 놀지 못하고
왜장년 널뛰듯 하느냐

뜨르르르 떠덩

줄보다 먼저 뛰지 말고
줄보다 먼저 앉지 말아야 하느니
줄과 네가 속살 맞춘
한 몸이어야 하느니라

저승패 장구 장단
박아치는 소리가 나고
바우덕이 줄 위로 눕는
서운산 영봉 본 듯싶은데
헛디딘 조선줄 빈 장단은
천길만길 구름길

*

네 이년
단전에
정신을 모으라지 않더냐
혼줄을 놓고 줄을 타라
냉큼 줄 올라
허궁잽이 틀거라

바우덕이 들린 몸으로
조선줄 올라

아랫입술 피 맺히게 사려물고
여린 사타구니 사이에
조선줄 끼워 넣어
허궁잽이 틀 채비 하네

조선줄 숨 먹여
출렁출렁 살아오르면
사타구니 화톳불 주저앉은 듯
뜨겁게 솟구쳐
서운산 넘어
엽전재 넘어
아리한 고향 땅
상기도 에미의 푸른 울음 들리고
애비 우우우우 터지지 못하던
호령은 살아 있네

줄광대 모두 혀를 내두르는
허궁잽이 줄놀음
바우덕이 항문 으깨지고
밑이 터져 살범벅 피범벅
허궁잽이 죽음놀음

솟구쳐 오르면

애비 따스한 등짝 한 발 가깝고
솟구쳐 오르면
구천의 정처 없는 하늘 한 발 가깝고
솟구쳐 오르면
엽전재 뜬구름 한 발 가까운 것을

바람 같은 꽃잎 같은 나비 같은

아린 세월
피고름 만월로 차오르는
바우덕이 열세 살
살긋한 봉창
조선줄 못 박인 발바닥
불붙어 쓰라린 날은
한지 적시며
비린 피 흘렀네

몸내 피우며
젊은 사당 길 떠날
탑돌이 돌고 돌던 밤에는
저승패 몸 젖어
흔들리는 불꽃 도진 허리
등걸 걸쳐 눕고

거사님들 푸르른 살 속
소소리바람 쓸고 지나가네

모질고 모진 떠돌이 세월
색탐 거센 사내들
충혈된 몸 받아
밤 밝힌 신새벽
몰골스런 사당 등 뒤에 두고
살꽃값 혜며
어험 떨던 세월이야
세월이라고 말하기도
부끄러운 거사님들

불당골 애옥살이 삼 년
어름사니 핏줄 익히며
애사당 꽃무동으로
삼남 무서리 헤집고 다닌 두 해
들꽃 세상 도서는 바람결
맞받아 서러운 열세 살
바우덕이 풋가슴

*

마른 서답 부끄러움 포개어
길 떠나는 행중
부모라도 뼈를 준 애비로
애사당 들꽃 세상 눈 틔운 스승으로
살갑고 두렵게 섬겨온
저승패 거사님
짓무른 어깨받이로 엎어드리면
저 어른 삭정이 가슴
들큰한 꽃물 괴어
산그늘 흐드러진
진달래꽃 넋 놓아
쓴웃음이나 떨지

길 떠나기 전날
행중 모두의 가슴에
제 속살 서럽게 뒤척이며
죽어 흐르는 강물 깊어지고
불당골 고적한 골짜기
진저리치는 밤 이내

삼남 고을고을
정분 튼 남정네들
사무친 그리움

잊으면 억울함도 달고
잊으면 원통함도 달다던가

세상 풍진 모두 잊고
조선줄 아래 구름처럼 모여든
민초들 부황 든 황토 흙빛 얼굴
저 얼굴 어느 구석에
선한 웃음은 남아
저처럼 맑은 물살 흐르고
팍팍한 가슴팍 어느 구석에
따슨 눈빛 숨겨
저처럼 도타운 정 흐르는지

*

풍물잡이들 굿거리장단
조선줄 흔들어 깨우면
가사 장삼 차려입고
고깔로 서늘한 눈빛 가린
어름사니 바우덕이
살얼음 밟듯 조심스레
고사상 앞으로 나가
술잔 높이 받들면

빈 잔 가득 두려움 채우는
거사님 저승패

고설 고설 고오설
줄할머니 줄할아버지
섬겨드리는 고사로다
이 고사 드리는 건
다름이 아니오라
해동은 조선국 경기도 안성 땅
청룡사 사당패 바우덕이
첫 줄 오르는 때에
줄할머니 줄할아버지께
드리는 고사이오니
이 정성 받아주시고
이 몸 나비 몸 되고 새 몸 되어
백성 눈에 꽃잎으로 뵈게 하소서
여기 모이신 어른님들
관재수 구설수 손재수 물리치시고
소원성취하시어
만사형통이게 하소서

풍물패 꺾은 장단
조선줄에 휘감겨 오르고

어름사니 바우덕이 배례하고 물러나
줄기둥에 술잔 뿌린 후
날랜 몸짓 동편으로
조선줄 오르는구나

줄 오르며 고깔 속 서늘한 눈매
슬쩍 저승패 훔쳐보곤
외씨 버선발 내딛는데
저토록 아름다운 자태
넋 잃는 신음 소리
조선줄 꿈틀대고
저승패 장구채 잡은 손
촉촉이 배는 땀

매호씨!
얼씨구!

바우덕이 목청 돋우어
거사님 저승패 불러

장단 먹이고 나서
비단 풀듯 풀어내리는 중타령

강원도 금강산 일만 이천봉 팔만 구암자
뒤로 하고 중 하나 내려온다 저 중 거동 보소
얽고서도 검은 중 검고서도 얽은 중 저 중 거동 보소
다홍 띠 눌러 띠고 백팔염주 목에 걸고……

중타령 구성진 가락 타고 올라
염불 장단 이끌더니
신명 오른 저승패
타령 장단 넘나드는 채편 북편

장단 먹인 조선줄
출렁출렁 살아나고
줄배 맞춘 바우덕이
뒤를 훑어 콩 심고
화장 사위 병신 걸음

구름 타듯 꿈결 타듯
열세 살 어름사니
앳되고 앳된
아지랑이 속잎 웃음
몰래 지켜보는 양반님

매호씨!

얼씨구!

길군악을 몹시 치렷다!
네에이!
녹두장군 납신다!
네에이!

저승패 매호씨
옷매무새 가다듬어
장구줄 당기는데
녹두장군 당당한 걸음새
줄 흔들던 바람도 조용히 지켜보는데
숙연해지는 백성들

매호씨!
네에이!
내가 뉘뇨?
녹두장군입죠!
녹두장군이 뉘뇨?
상것들의 속 붉은 가슴입죠!
속 붉은 가슴은 뉘뇨?
아랫것들의 천지개벽입죠!
비천한 백성들에게 꿈이었느뇨?

그렇습죠! 그렇습죠!
우리네 꿈이었습죠!
상기도 깨지 못한 우리네 꿈이었습죠!

매호씨 저승패 목이 메고
황사바람 안성 난전 휘돌아
길군악 장단 휘감아 내닫는데
조선줄 위
저 작고 여린 몸뚱이에서
휜출휜출 녹두장군 당당한 걸음새
터져나오는 힘으로
터져나오는 빛으로
함성이었네
붉디붉은 갈채였네

*

저승패 깊은 눈에
만단정회 눈물 비치고
황사바람 가득한 서쪽 하늘
맑은 눈물 속으로 기우는데

줄 내린 바우덕이

양반님 내릴 행하 얼마며
네 비린 살꽃
고목 불 지펴 타오르면
해우채 또한 얼마겠느냐
정이란 실타래 같아
얽히면 벗어날 수 없는 어질머리
석삼년 앓아 누워도
풀리지 않는 멀미
정 주지 말아야 하느니
첫 남정도 널 지나간 바람일 뿐
정 주지 말아야 하느니

바우덕이 하인배에 딸려보내며
비가비 저승패 흙벽돌처럼
다지고 다진 말
완자 무늬 창살에 어른거리는데
밤 이슥 양반님네 첫 남정
들지 않는 공방의 두려움 너울대며
쌍촛불 깊이 타오르고
놀이판 아련한 풍물 소리
잠이 드는 바우덕이 곤한 하루

*

망초꽃 흐드러진 벌판
어디서 단소 소리 단아하게 흐르고
어린 바우덕이 들꽃 벌판 내달아
한 아름 망초꽃 꺾는데
망초 꽃잎 싸르륵 쏟아져내려
수만 마리 나비로 날아오르고
오색 무지개 걸리는 벌판 그
무지개 타고 오르는 바우덕이
갑자기 먹장구름 천지를 뒤덮더니
천둥 번개 하늘 가르고
흙비로 쏟아져내리는 무지개
바우덕이 흑암의 끝없는 굴형
내리박혀 봉두난발 피 흐르는
효수된 애비 머리 매달린
청죽 끝
사타구니 찢겨
잠결에 내지르는 비명

혼절하는 바우덕이

백설 부신 요에
번지는 선혈

쌍촛불 무심히 타오르고
먼 산 소쩍새
피를 넘기는 밤

꿈, 꿈이었으면
일장춘몽이었으면
경련 멎은 작은 손에
쥐여준 은전 한 닢
촛불 아래 빛나고
강 같은 슬픔 밀려들어
죽음처럼 버려진 작은 육신

갈대 속울음

행중 떠난 기둥서방
안부나 물으며
안개 흐드러진
영마루 넘어
강원도 평창, 영월 거쳐
정선 아라리 한스런 가락
아우라지 강물에

비껴 흐르는 정선 땅
아우라지 강가 돌서덜
수많은 강돌
생각은 생각끼리 부대껴
저처럼 닳아 누웠는데
돌마다 사당 기막힌 사연
피멍으로 박혀
굽이쳐 흐르는 물길
서럽네

아우라지 강물 깊은 만큼
세월도 깊어지고
세월 깊은 만큼
사당 내력 깊어져
애사당 바우덕이 이름만으로
영기 펄럭여
설레는 남정네들
저리 많네

조선 땅 곳곳
갈대밭 몸 뉘어
아랫도리 달빛 섞으며
쏟아지는 별무리

흐벅진 속살로 받아내던
사당 그 얼마던가
몸 섞고 떠난 자리
아리한 불빛 걸려 흐느끼고
애사당 선소리 가락
핏빛으로 지는 벌판
갈대 속울음으로 떠나는
떠돌이 사당패
하염없는 길

길 끝에 서면
정선 아라리 한숨처럼 흐르고
아우라지 강 급한 물살 따라
구름도 찢겨 가파르게 떠나는데
첩첩한 산줄기들
사당 깊은 내력
말없이 돌려 세워
저리도 하염없는
떠돌이의 길

*

바우덕이 아우라지 강여울 건너며

110

손에 땀이 배도록 쥐고 있는 은전 한 닢
꽃물 번져 아리고 아린 사타구니 속으로
아우라지 강물 소리 잦아드는데
바우덕이 깊은 한숨 쉬어
첫 남정 촛불에 일렁이던 얼굴
수없이 떠올려보지만
강여울에 흐려 보이지 않네

내 여린 몸 속으로
섬광처럼 지나간
첫 남정은 누구일까
바우덕이 발그레한 얼굴 위로
구름 그림자 스치자
한줄기 빗물
유리알 마음 긋고 지나가네

중모리에서 중중모리로
거침없이 내닫는 비가비 저승패
갈라터진 소리청이지만
득음한 수리성 온몸으로
소리 밀어올려 어루어나가는 통성
구례 상것들의 쑥대머리

적막한 어둠 속에서
임 그리워 임 그리워
피울음 우는 상것들의 춘향이
임은 어디 계시오며
임은 무엇으로 오시는가

*

소리북 하나에 피 맺힌 그리움 묻고
조선 팔도 떠도는 비천한 몸으로
사당패 저승패 되어 되밟는 고향 땅

이제는 돌이킬 수 없는 한 생
쓰디쓴 소태 맛도
그리움으로 달던
풍찬노숙 수십 년

사무친 그리움
쇠북처럼 낮은 울음으로
골수 채우던 통한이야

쑥대머리 통성 가락
속가슴 출렁이는 서러운 강물
비가비 저승패 늙은 몸 넘쳐흘러
추임새 먹이는 바우덕이 잠기고
지리산 자락 잠기고
척박한 삶 곤한 나날
소리물목 잠겨
이름 없이 묻힌 동학 동무들
원통한 눈빛 썩지 못하고
분한 뼈마디 핏물 스민
황토 무덤 버티고 섰을
구례 땅 원혼의 황토흙 적시는 강물

삼경 넘긴 쑥대머리
완창에 이를 무렵
풀썩 고꾸라지며 피를 토하는
비가비 저승패
혼비백산 바우덕이
북채 집어던지고

봉두난발 끌어안았네

*

육신 비바람 들어
몸져누우면
살 섞던 사당년도
돌아보지 않는 게
이 바닥 인심
기둥서방 비가비 지극한 간병
생쌀 씹어 입에 넣어주지만
곡기 끊은 지 오래
달차근한 바우덕이 입내음만
검버섯 무성한 몸에 번져
검게 탄 입술 피가 도는 저승패

날 일으켜 앉히거라
소리북 내려다오
내 북장단에 얹혀
소리 없이 타오르는 불꽃춤
네 살풀이춤 한 마당 보고 싶구나
넋 놓을 네 살풀이춤 한 마당이면
내 거뜬히 구천의 저승길 접어들어

소리북 하나로 살아온 세월 떠나며
붉은 하늘 한 자락 남기지 않으리니

상여 위에 버려진 만장 한 장
떨리는 손끝으로 집어들고
평사위 숨막히는 배김새로 서
북이 터지기를 기다리는 바우덕이
주르르 눈물 흘러내려
흰 발등 적시고

둥 둥 두둥 둥

시나위 가락 느린 한숨 내뿜으며
배김새 풀어 멈추는 듯 흐르고

흐르는 듯 멈추는 바우덕이 춤사위
고아한 몸짓에서 배어나오는
범접할 수 없는 정적
허공 한끝 잡아채면
마음 한 자락 달려오고
어둠 한끝 잡아채면
응혈 진 가슴 달려오고
침묵 한끝 잡아채면

눈감지 못하고 구천의 하늘 떠도는
수천 수만 원혼들 달려와
깊은 정적 흩뿌리고 여미며
모으고 휘젓는 바우덕이
남루한 치맛자락 휘감아 도는
잉어걸이 맨발
눈물 한 방울도 무거운 비가비 저승패
형형한 눈빛 밟았네

비껴든 춤사위
서러운 어깨선 위로
무수한 세월 흐르고
서러운 어깨선 위로
무수한 소리 흐르고
서러운 어깨선 위로
무수한 남정들 흘러
바우덕이 쪽찐 나무 비녀가
힘겹게 떠받치고 돌아가는 북소리

꽃길 가랴
저승 꽃길
서러운 길
널 두고

내 가랴

소리북 힘없이 굴러떨어지고
비가비 저승패 봉두난발
휘감아 돌아가는 만장 자락

사당 가슴 흐르는 유등

떠돌이 사당 가슴
숨어 흐르는 강물
정한이고 회한이며
눈물이고 기쁨이며
사랑이고 이별이며
생명이고 죽음인 것을

남강 불 지르며 흐르던 유등
촉석루 아래 고개 묻고 꿇어앉은
사당패 가슴에서 가슴으로
쓰리고 뜨거이 흘러
분노의 물굽이 휘돌아 나가는데

촉석루 아래 판 벌여
아리아리 지난 한 파수
남강 푸르른 물결
바우덕이 빈 목숨 감돌아 나가는 정한
유등으로 흘렀으되
헤어도 헤어도 채워지지 않는
허전함인들
줄 위에 오른다고
남강 물 속 시퍼런 정한 거두어지랴

정한 밟고 오르면
탱탱히 부푸는 아랫배
정한 밟고 오르면
당당해지는 녹두장군
정한 밟고 오르면
독해지는 아니리

줄 오르면 세상 멀리 뵈고
줄 오르면 세상 깊이 뵈고
줄 오르면 세상 쓰리고 아려
더욱 독해지는 바우덕이

*

장군님 장군님 녹두장군님

천지개벽 보국안민

광제창생 포덕천하

제폭구민 척외척양

헛되고 헛된 꿈이었나이까

민심이 천심이며

한울님이 백성이시고

백성이 한울님이시라던

뜨건 그 말씀

어느 척박한 땅에 떨어져

싹으로 돋을지요

핏물로 돋을지요

흰 뼈로 돋을지요

아랫것은 아랫것으로 아득하고

윗것은 윗것으로 찬란한 것을

아랫것들 주리고 밟힐 적에

윗것들 토색질 계집질 질탕하여

거드름 팔자걸음 꽃피었소

삼남 뜨르르한 줄광대 바우덕이

양반님 거드름 팔자걸음이오

이 땅은 논개 그 님 속 붉은 땅

저 패악스런 양반님
이 나라 이 땅 지키지 못한 나라님
질탕한 허리 껴안고
남강 푸르른 물 뛰어내려
유등으로 흐르고 싶소
유등으로……

줄광대 바우덕이 아니리 풀어내리는데
우르르르 몰려든 나졸들, 파락호들
풍악 잡힌 거사들
선소리 끝낸 사당들
무릎 꿇려 앉히고
행수 모가비부터
개 패듯 패네

양반님네 능멸한 죄
나라님 비웃은 죄
죽어 마땅한 천것들

줄광대 바우덕이 혼절하고
뭇매 못 이긴 거사들
빽빽이 둘러선 상것들 속으로
줄행랑치는데

길 틔워 도망길 열어주고는
쫓지 못하게 울타리 치는 상것들
거친 함성으로 외치네

사당패를 풀어주시오!
사당패를 풀어주시오!

개다리패의 상공운님

모가비 행수 부액해
절룩이며 걷는 바우덕이
경상도 합천 땅 밤마리
대광대패 찾아 나선 지 몇 파수
장독 올라 푸르뎅뎅한 모가비
몇 발짝 옮기지 못하고 육신
흘러내리는데 붉은 입술 옥무는 바우덕이

젊어 잠시 몸담았던 대광대패
죽방울 치고 솟대 타고
오광대 탈놀이 쩍지게 벌어지면
문둥북춤 결판지던 젊은 날

재인으로 이름 날리며
전라도 땅 경상도 땅
넘나들다 만난 사당패 선소리
화초걸이 성주풀이 보렴으로 이어지는
간드러진 가락 취해
죽방울 버리고 따라나선 길

사람답게 살라 호령하던
사랑마님 찌렁찌렁한 목소리
귀에 쟁쟁하지만
도망 노비 한 몸 숨길 곳이란
천하고 천한 떠돌이 광대뿐
돌아다보면 덧없고 덧없는 세월

내 품 거쳐나간 사당년들 그 몇이며
사당년 해우채 어험 떨고 헤아리던
거사놈들 그 몇이겠느냐
바우덕이 듣거라 몸 팔기 위해 줄 타고
몸값 올리기 위해 소리청 뽑는 게 아니란다
내 너를 가상타 하는 건
네 소리 네 장단 네 가락이 속스럽지 않고
네 줄타기 시원스런 아니리에

민초들 가슴 뚫리는 소리 듣기 때문이구나

나를 천변 돌무지에 묻거라

광대가 묻힐 자리는 원래 물가니라

모가비 눈을 쓸어내려도 감기지 않아

치뜬 눈 그대로

물가 찾아 시신 업고

어스름 밟는 바우덕이

슬픔도 지극하면

저처럼 고요로움일까

이내 같은 만가 풀잎 흐느끼며

소리 죽여 흐르네

모가비 치뜬 눈빛

경상도 합천 땅 밤마리 감돌아 가는

천변 돌무지 먹구름 가슴팍에 묻고

충청도 회인 땅 애비 역심의 땅

숨어드는 바우덕이

평장 두려운 무덤은 자취 없고

무성한 잡목숲 어디에 누웠을 애비 에미

원혼 우는 바람 소리만

산속 가득하네

꼭두쇠의 노래

수동모 북수님
오색 종이 꽃술
암동모 삐리 손에 쥐여주며
말없이 등 두드리는데
억센 사내 하나
엽전 몇 닢 던져주고
삐리 손목 낚아채네

사내 거친 걸음 따라가며
오색 꽃술 한 잎 한 잎 길목에 뿌려
난생처음 드는 동네 고샅
길눈 표시하는 암동모 삐리

퀴퀴한 머슴 방이거나 헛간
물레방앗간이거나 상엿집

밤새 계간 시달려
찢어진 항문 피범벅 남정 범벅
고통스럽고 구역질 나는 밤

잠 못 이루다 새벽 단잠이라도 드는 날
암동모 기다리던 수동모
오색 꽃술 길눈 따라
암동모 찾아 나서는
한숨 꽃길
눈물 꽃길

무동 타던 암동모들 모두 팔려가고
선소리 이끌던 사당들
먼저 든 봉놋방에서는
자지러지는 계집들 웃음소리

*

개복청 떠나가도록 고래고래
소리지르는 주정꾼들, 파락호들

바우덕이 내놓거라
해우채 얼마라도 좋다는데

아흐 바우덕이 고년
생으로 씹어 먹어도 비리지 않을 고년

일 년 새경 입쌀 여덟 가마에
하룻밤 풋정 쌓자꾸나
아흐 고년, 삭신 녹는구나
개다리 행수놈 나오거라
네 연놈들 절돌이 우바새 우바이인 줄
세상이 다 아는 일

어험 떨고 내숭 떤다고
매기 매창 바우덕이 천하일색이면
제 년이 사당년 아니고
춘향이라더냐
바우덕이 내놓거라

힘깨나 쓰는 왈짜들, 파락호들
서로 바우덕이 내놓으라
행패 자심한데

암동모 계간 보낸 수동모들
징수님 북수님
고장수님 회적수님

버꾸님 회덕님
버나쇠 얼른쇠 살판쇠
횃불 아래 술타령
건들건들 달 그림자도
취기 오르는 뒤풀이 마당
왈짜들, 파락호들 술판 덮쳐
수동모들 흥겨운 술판 들어엎고
닥치는 대로 메다꽂고 두들겨 패
혼비백산 흩어지는 수동모들
어둠 속에서 이 모습 지켜보는
개다리 꼭두쇠, 곰뱅이쇠

행수님 저 망나니들 혼쭐 내주고
해우채 넉넉하면 바우덕이 내줍시다

개다리 꼭두쇠 곰뱅이쇠 입 막으며
눈 부라리며 던지듯이 내뱉는 말

저런 행악 어디 한두 번이냐
눌려 살아온 아랫것들 술 한잔 거나하면
세상 돈짝만해 뵈는 거 탓하랴
계집 흐벅진 엉덩이
달차근한 살맛 싫다는 놈 있겠으며

바우덕이 이름만 들어도
하초 뻐근해지는
삼남 꺽진 남정네들인 것을
미색 출중하고
기예 신기에 가깝거늘
바우덕이 안아보겠다 안달하는
저 수컷들 어찌 탓하랴

하나 바우덕이 열세 살
애처로운 나이 적부터 남정 받아
찢기고 찢긴 육신
겉볼 화사한 복사꽃이지만
속은 썩어 문드러진 사당인 것을
더는 살품 팔게 안 하리
우리네 상것들 앙가슴 서늘하게 비우는 선소리며
아슬아슬 허궁잽이 사설 독설 시원한 줄타기며
양반님네 웃음거리로 만들어 민초들 질금질금
눈물 나게 하는 덧뵈기춤이며
저 신명 오른 상쇠 가락

지켜야 하느니
지켜줘야 하느니

*

개다리 꼭두쇠 지그시 눈 감으면
귀에 쟁쟁 살아오르는 불끈한 쇳가락

게가 곰치였던가 우금치였던가
피비린내 자우룩한 싸움터
녹두장군 휘두르는 장검
피 묻은 칼날 뉘엿뉘엿 지는
금강 붉은 해 감겨
무너지는 동학군
숨가쁘게 울리던 북소리
자지러지던 쇳소리
왜놈 총소리 포소리 묻혀
길군악 소리갈기 세우지 못할 때
무릎 관절 시린 바람 치고 나가
풀썩 고꾸라진 상쇠
놓친 꽹과리 불 맞아 깨갱
깨갱 울며 길길이 튀어오르고
징잡이 은진놈 허겁지겁 상쇠 업어 뛰던 일
구사일생 숨어든 계룡산
목숨 받아준 토굴 노인 아니었다면

살향기 촉촉한 바우덕이
젖네 뜨거이
슬픈 살 젖네

가락이여! 민초여! 마음날이여!

삼개 나루 오월
백사장 부신 햇살
은빛 모래 몸을 세우고
청옥 물빛
유유한 한강 멀리
육중한 철교
무거운 그림자
강물 속 일렁이는데
삼개 나루 오월
난장 터져
팔도 물화 성시 이루고
팔도 한량 몸살 나는데

갠지 갠지 갠지 갠
갠지 갠지 갠지 갠

웃다리 풍물 길군악 칠채
신명 오른 풍물 가락 휘어잡는

뜬쇠 상쇠 바우덕이
어깨들림 그들먹한 백사장
안성 남사당 개다리패
유서 깊은 영기 훈풍에 나부끼고
구름 같은 상것들
덩기덩기 엉덩이춤
얼쑤얼쑤 추임새
살맛나는 풍물판

바우덕이 인사굿 돌림버꾸 한 판에
등거리 잠뱅이 검정 더그레 흠씬 젖고
허리 돌린 삼색 색주 무지개로 뜨네

젖무덤 사이 흘러내리는 땀방울
「농부가」 한 자락으로 흩는 바우덕이
발발성 떠는 목 유장한 평목으로
감돌아 드는 굿거리장단

이야 우리 농부들아 한일자로 늘어서서

입구자로 심어갈 제 이내 말을 들어보소
얼널널 상사디야 어여루 상사디요
불볕을 등에 지고 진흙물에 들어서서
이 농사를 이리 지어 누구하고 먹자 하고
얼널널 상사디야 어려루 상사디요
늙은 부모 봉양하고 젊은 아내 배 채우고
어린 자식 길러내서 사람 노릇 하자꾸나
얼널널 상사디야 어려루 상사디요

*

소리판 넘어가면
당산벌림 버꾸돌림
무동놀림 가새벌림
상것들 넋 나가고
상쇠놀음 바우덕이
뜬쇠 소리에 넋 들어오는 상것들

갠지 갠 갠지 갠 갠지 갠지 갠지 갠
갠지 갠 갠지 갠 깽 갠지 갠 갠지 갠 깽

쇳소리 숨가쁜 소리 속 열려
백성들 상것들 드넓은 가슴팍

타오르는 불꽃이어라
백성들 상것들 콸콸한 핏줄
일렁이며 일렁이며
타오르는 혼불이어라
쇳소리 닫히면
백성들 상것들
가슴 닫히고
쇳소리 열리면
백성들 상것들
울울한 마음 열려
바우덕이 쇳가락 마디마디
백성들 상것들
뜨건 숨결 실리고
깊은 가슴 실리는데

갱매 갱 갱매 갱
갱개 갯 으갱 갱

뜬쇠 가락 상쇠놀음
바우덕이 혼불놀음
넋 놓아도 좋으리
어여쁜 이 땅의 임자들
미더운 이 땅의 뿌리들

이 땅 거침없이 흐르는
가락이고 싶구나
흐드러진 풍물 가락

보아라 저 남산 어깨들림
아름드리 청솔 무리 신명 바람
한강 속 깊은 물길도
허리 틀어 비상하는데

*

바우덕이 상쇠 가락 상것들
흙가슴 자지러지면
징수님 북수님 고장수님
삼개 나루 햇빛 세운 은모래
강물에 눕히고
뜬 가락 뜬 불길
스스로 가라앉히는데
버나쇠 산염불 청아한
버나 돌리며
시름 돌리며
한숨 돌리며

니나누나요 나누난실나요
니나누난실 산이로다
산에 올라 옥을 캐니
여름 좋아 산옥이냐
니나누나요 나누난실나요
니나누난실 산이로다
삼개 나루 물길 캐니
백사장 가득 상것이라
니나누나요 나누난실나요

안성 청룡 개다리패
어름사당 바우덕이
나나누난요 나누난실나요
니나누난실 천하일색이로다

버나쇠 대 끝에서
돌고 도는 산염불

*

버나판 어지러움 넘어 살판
곤두서서 보는 번개 세상 요지경
잘난 놈 천방지축 살판

삼개 나루 눈부신 백사장도
어찌 아니 컴컴하리오
여보소, 동무님들
그렇소? 안 그렇소?

그렇소! 그렇소! 그렇소!

얼럴럴 네기럴꺼
의병대장 신돌석님
경상도 땅 영해에서
의병대장 최익현님
전라도 땅 태인에서
왜놈과 싸우시다
피눈물 흩뿌린 이 땅
왜놈 주인 된 이 땅
왜년 속 검은 오줌발
태백산맥 소백산맥
찰랑찰랑 넘치면
삼개 나루 눈부신 백사장도
어찌 아니 컴컴하리오
여보소, 동무님들
그렇소? 안 그렇소?

그렇소! 그렇소! 그렇소!

덧뵈기판 살얼음 밟듯
숨막히는 바우덕이
삼개 나루 구름 같은 민초들 상것들
마음날 시퍼렇게 세우네

바우덕이 불타는 가락이여!
바우덕이 가슴 뜨거운 민초여!
바우덕이 시퍼런 마음날이여!

가슴길 떠돌이 길

뜬쇠 상쇠 바우덕이
신들린 쇳가락
상것들 얼쑤얼쑤 신명 부르고
뜬쇠 어름사니 바우덕이
시원스런 아니리 사설
상것들 응어리진 마음 풀어내리고
뜬쇠 덧뵈기쇠 바우덕이
불길 일으켜 타오르는 세상

불이 불을 부르고
불이 칼을 부르고
불이 피를 불렀네

구름 같은 상것들
불 지른 삼개 나루

물러가라 쪽발이!
물러가라 왜놈들!
불붙는 강물이여!
불붙는 민심이여!

게이샤 년 흘레 붙고
내 나라 팔아먹는
양반놈들 물러가라
이 땅 뉘 땅이며
이 백성 뉘 백성인고
타오르는 지심이여!
타오르는 천심이여!

활활 타오르는 분노를 향해
활활 타오르는 함성을 향해

활활 타오르는 가슴을 향해
눈 뒤집힌 왜군들
불질
총질

꼭두쇠 개다리 영기 뽑아들고
절름거리며 내닫다
불 맞아 쓰러져 백사장 기우뚱
흩어지는 민초들 보았네

갈증, 목숨 타들어가는 갈증
강물 향해 네 굽으로 기는데
강물 소리 콸콸한 핏물 소리
가슴에서 더 크고나

꼭두쇠 개다리 행수
모래 속에 얼굴 박으며
뜨건 모래 한 줌 움켜쥐는데
마디 굵은 손가락 사이
한숨처럼 흘러내리는 모래알
숨차게 달려온 곰뱅이쇠, 바우덕이
행수님 행수님 목메어 부를 때
가까스로 눈뜬 개다리 행수

아수라의 놀이판 흩어지는
상것들 아린 눈으로 보며
까맣게 탄 입술 달싹여
밀어내듯 던지는 말

은진놈아
너 듣거라
바우덕이를 꼭두쇠로……

그렇게 끝나는 것을
말끝 사리지 못하고
목숨 거두어
제 목숨 묻힐 물가 찾아
손톱 끝 피맺힐 것을

                    *

오십 평생
울화 삭이며
분노 삭이며

풍물판 버나판 살판 얼음판 덧뵈기판 덜미판
판마다 상것들 메마른 혼 적시고

판마다 상것들 울컥한 가슴 일으키고
판마다 상것들 어깨들림 신명바람
얼쑤얼쑤 살아온
꼭두의 세월
어두운 세월
가파른 세월
바우덕이 가슴길에
사당 새파란 가슴길에
눈물 없이 묻네

떠돌이의 길 꼭두쇠의 길

그 길 위에 민초들 분노 묻고
그 길 위에 상것들 청죽 가슴 묻고
그 길 위에 천것들 아릿한 세월 묻고
그 길 위에 아리아리 한스런 가락 묻고
떠도는 바우덕이 사당길
이 땅 보탤 수 없는 분노
이 땅 보탤 수 없는 핏물
이 땅 보탤 수 없는 떼죽음
서럽디서러운 사당년 바우덕이

조선 땅 송두리째 먹어치우자는
뻔한 속셈 뉘 모르리
삼개 나루 개다리 행수의 죽음
서글픈 역사의 뒤란에 밟힌
아랫것들의 운명일 뿐
삼천리 방방곡곡
의병 일어나
이 땅 지키려는
민초들의 불끈한 심줄
산맥 이루겠거니
천하디천한 광대들이야
나랏일 모른다 못하리
바우덕이 네 미쁜 맘
상것들 눌려 핍진한 가슴팍에 머물렀으니
그들 위해
네 사설 더 앙칼지고
네 쇗가락 더 흐드러져야 하리

큰스님 우렁우렁한 말씀
서운산 줄기 칼날처럼 일으켜
바우덕이 앙가슴 저미는구나

징수님 북수님 고장수님

서로 거친 손 마주 잡고
회적수님 버꾸님 회덕님
눈빛 부딪쳐 불꽃 튀는데
버나쇠 얼른쇠 살판쇠
모둠발로 뛰어 일어나
곤히 잠든 가열들 삐리들 사당들
흔들어 깨우는 신새벽 절 마당

새벽 안개 깨우며
흐드러진 풍물 가락
서운산 깊은 골
질펀하게 가르는데
큰스님 법고 솜씨
풍물 가락 녹아들어
두둥 둥 둥 두둥 둥
행중 막혔던 가슴에
시원스런 길 뚫었네

*

떠돌이의 새 길 물길 틔우기 전

어린 암동모들 피붙이처럼 돌보는

꼭두쇠 바우덕이 가슴에 흐르는 분노
밤마다 계간 시달려
찢긴 상처 덧나고 덧나
피고름 흐르는 항문
향물 우려 씻기고
쑥불 태워 지질 때
자지러지는 암동모들
창백한 볼 위로
하염없이 흐르는 눈물
투명한 속
찢어지게 가난한 초옥 뜨는데

꼭두쇠 바우덕이
수동모들 모아놓고
서릿발 같은 호령
저 어린 암동모들
피고름 낭자한 항문 보셨소?
항차 중생도 음양의 도리가 있거늘
행중 계간 용서 못하리
수동모 암동모 짝짓거나
파락호들 머슴들 홀애비들 상대로
계간 파는 일 못하리

이때 광대뼈 북수님
두 눈 희번덕이며
퉁명스럽게 내뱉는 말

우리 같은 상것들이라
음양 조화 어찌 모르겠으며
사당년들 밤마다
기둥서방 타고 앉아
요분질 치는 소리
하초 탱탱해지는 것을
어찌 달래라는 말이오
계간 팔지 말라 하시면
행중 노자 무엇으로 충당하고
꽃무동 태울 암동모님들
지분 피륙 무엇으로 들여놓으리

이보시오 북수님!
안성 청룡 남사당패
기예 팔고 웃음 팔아
작년 같은 흉년에도
입에 풀칠했소
어린것들
피똥구멍 팔아

행중 노자 웬 말이며
지분 피륙 웬 말이오
색정 못 견디겠으면
용두질이라도 치시든가
그래도 못 견딜 양이면
날 넘보시오 이 바우덕이 넘보시오

수동모들 불끈 치미는 응어리
안으로 삭이며 야멸친 꼭두쇠
파랗게 선 눈빛날 피하는데

동모님들!
저 어린것들
겉보리 두어 말
행중에 팔려와
갖은 고초 겪으며
기예 닦아 어엿한
남사당패 뜬쇠로 크는 것이
소원인 것을
그 고초 먼저 겪은 수동모님들
저 어린것들
뜨거운 혼 치열한 몸짓 가르쳐
흐드러진 풍물판 잇게 하고

신묘한 버나판 잇게 하고
무궁무진한 살판 잇게 하고
사설 매서운 조선줄판 잇게 하고
신명놀음 덧뵈기판 잇게 하고
재담놀음 덜미판 잇게 하여
이 땅 우뚝한 예인으로
세워야 하리
민초들 덩기덩기 어우러지는
웃음판 눈물판
세워야 하리

*

끝장이구나 안성 청룡 남사당패
끝장이구나 곰뱅이쇠
어둠 속으로 무거운 발걸음 옮기고
하직이구나 안성 청룡 남사당패
하직이구나 수동모들
어둠 속으로 무거운 발걸음 옮기네

계간 금했다는 얘기 행중 퍼지자
서로 얼싸안고 좋아라는 암동모들

잠 못 이루는 꼭두쇠 바우덕이 찾네

절간 구석구석 어둠 깔고
뜬쇠들 웅성대고
가열들 웅성대고
삐리들 웅성대고
사당들 웅성대는데

먹감나무 잎새들
밤 깊은 청룡사
핏발 선 잎맥 세워
근심스레 지키고

행수님 고집 꺾으시오!
식구들 저 웅성거림 안 들리시오?
뜬쇠 가열, 암동모 정 붙이고 살아온
떠돌이들인데, 어린 암동모 거느린
수에 따라 남사당패 이름값
달라지는 걸 왜 모른다 하시오!

암동모 얼굴 팔아
패거리 이끌 수 없소
기예 뛰어나면

방방곡곡 어딘들
반기는 백성 없으리오

꼭두쇠 바우덕이와 곰뱅이쇠 은진놈 팽팽한 감정
달빛 자르지 못하고
서산 마루 어둑한 등줄기 긋는데

곰뱅이쇠 떠나겠소
패거리 떠나 새로이 시작하겠소

달빛 부수며 문 박차고 나가는
곰뱅이쇠 등허리에 검은 불꽃 이는데
가로막아 서는 큰스님

쫓기는 몸 받아주어
이제 어엿한 곰뱅이쇠로 키웠거늘
네 어찌 아녀자 소견만도 못한
좀팽이더냐

큰스님 쿵 한마디 던지고 돌아서서
달빛 교교히 흩으며 법당 건너고
그 자리에 못 박히는 곰뱅이쇠

다 쓰러져가는 청룡사
걸립 놀아 일으킨 불사이면
목숨 맡아준 은혜 갚은 것이어늘

곰뱅이쇠 어둠 휘저어 내려가면
웅성거리던 패거리들 한 무더기
두려움 이끌고 곰뱅이쇠 따르고
서운산 검은 등줄기 뒤로
별똥별 하나
비명 지르며 꽂히네

*

패거리 반 넘어 줄어
출행 떠나지 못하고
혹독한 채찍 들어 기예 다듬으며
뜨거운 예술혼 일깨워
새로이 눈 틔우는
꼭두쇠 바우덕이

천하디천한 떠돌이 광대
비천한 웃음소리 호탕해지고
비천한 걸음걸이 활달해지고

비천한 재주놀음 광채 올라
버슴새 배김새 이르도록
고되고 매서운 채찍

진위패 이끌던 어름사니 이경화
직산 난장 헛놀음판
빈손으로 돌아와
울화 삭이지 못하던 나날
직산이라면 소사벌 지나
한 마장, 진위서 지척인 땅
헛놀음 웃음거리
생각할수록 울화 치밀어
대원위 대감 하사품 옥관자
외로 꼬고 지나치던
안성 청룡 남사당패
출행 떠나지 못하는 바우덕이 찾아
두 손 덥석 잡았네

바우덕이 꼭두쇠로
이경화 곰뱅이쇠로
두 손 덥석 잡았네

청룡패 진위패 하나 되어

시름 없던 두 영기 하나 되어
패거리들 가슴속
천 갈래 만 갈래 흩어지던
떠돌이 길 하나 되어
설레는 새 식구들

쇳소리 징소리 장구 소리 북소리 설레고
박첨지 홍동지 피조리 홍백가 설레고
샌님 노친네 취바리 말뚝이 먹중 옴중 설레고
살판쇠 버나쇠 어름사니 설레고
마침내 꼭두쇠 바우덕이
설레는 출행

바우덕이 설레는 이름만으로
삼남 방방곡곡 곰뱅이 터주는
양반님네 색심 흑심

배김새 황홀한 바우덕이 춤판
버슴새 숨막히는 바우덕이 풍물판
붙임새 흥겨운 바우덕이 선소리판

삼남 꺽진 남정네들
숯불 같은 삭신 다스리며

흐르고 흐르는 물길 구름길

금강 살아 흐르는 혼백 따라

섬진강 소리 죽여 흐르는 역심 따라

낙동강 굽이쳐 흐르는 분노 따라

떠돌이 길 흐르다가 흐르다가

물굽이 맴도는 여울목에

판 벌여 응어리진 한도 풀고

판 벌여 어깨들림 흥도 풀고

판 벌여 원한 맺힌 사설 풀고

판 벌여 뼈마디 솟구치는 발림 풀고

삼남 꺽진 남정네들

숯불 같은 삭신 다스려

휘이휘이 돌아온 안성 땅

*

안성 난장 물화 많고 사람 많아

은근짜 다방모리 화랑유녀 웃음 질펀하고

거간꾼 장돌뱅이 싸움질로 날 저무는

흥청거리는 난장 마당

가을걷이 끝낸 장 마당

풍성한 인심 돋우어 펼치는

안성 청룡 남사당패 풍성한 놀이판

네 이년!
단전에 정신을 모으라지 않더냐!
혼줄을 놓고 줄을 타랴!
혼줄을 놓고 줄을 타랴!
혼줄을 놓고 줄을 타랴!
바우덕이 향해 꽂혀 있던
수천 수만 백성들 눈빛
일순에 와르르 무너지고
바우덕이 꽃잎 같은 몸뚱어리
조선줄 휘감겨 핑그르르 돌더니
줄장단 먹이던 장구 박살내며
내리박히네

피를 쏟고
검은 하늘 쏟고
독한 사설 쏟으며
혼절한 바우덕이
들쳐 업은 곰뱅이쇠 이경화
골목골목 의원 찾아 뛰는데
의원마다 손사래 젓네

천하디천한 사당년
병 다스렸다 소문나면

환자 끊길까 두려워
목숨줄 할딱이는 바우덕이
눈길 한 번 주지 않는 야박한 인술
곰뱅이쇠 이경화는 알고 있었네
바우덕이 폐병 창병 깊어
밤이면 쿨럭쿨럭 피를 쏟고
골수에 넘치는 피고름
사타구니 타고 흘러내리는 것을

은전 위에 부서지는 달빛

곰뱅이쇠 등판
토혈로 흥건하게 적신 바우덕이
불당골 움막에 죽은 듯 누워
사당들 흐느낌 듣네

젓대 깎던 창칼
침목 위에 놓인 새끼손가락
섬광처럼 스치더니
창백한 바우덕이 입술
선혈 젖어들고

어금니 무는 곰뱅이쇠
숨죽이며 지켜보는 사당들

들기름 종지 위에서
목숨의 질긴 끈 지키며
불심지 잦아들고
천근 같은 침묵 누를 때
죽음 밀어올리며
눈꺼풀 무겁게 들어보는 바우덕이

안성 난장 남사당 놀이판
바우덕이 줄에서 떨어져 업혀간 후
살판 덧뵈기판 버나판 이어졌지만
썰물 빠져나가듯 빠져나가는 민초들

풀죽은 뜬쇠들 가열들 삐리들
놀이판 멍석 위에 둘러앉아
산처럼 밀려오는 어둠의 뿌리
망연히 건너다볼 뿐
누구도 입 열지 않네

조선줄 걷는 덜미쇠
붉은 목덜미 위로

서러운 달빛 흐르고
고개 꺾고 앉아 있는 행중
모두의 가슴 치고 나가는
쓸쓸하고 삭막한 모래바람

신기에 가깝다던 어름사니 아니던가
명줄 놓고 조선줄 타랴 매운 소리로
줄 위에서 보낸 반평생 아니던가
구름 같은 민초들 흔감해하고
신명바람 절로 올라
너름 한껏 멋스러우면
삼남의 꺽진 남정네들
살끝 뼈끝 저리게 하던 바우덕이 아니던가

*

시월 상달 교교한 밤
한 무더기 근심 깊은 달빛 무리
서운벌 건너 서운산 기슭 향해
소리 없이 움직여가고
영기 끝 걸려 흐느끼는 미리내

밤새 신열 넋 띄워 앓고 난 바우덕이

붐한 어둠 밟고 계곡 내려서서
시린 물에 불덩이 삭신 식히면
흑비단으로 감기는 밤 이내
신열의 낮과 밤
천년이나 흐른 듯이 아득한 세월 비집고
속살처럼 일어서는 어린 날의 아린 기억
여섯 살 부랑의 딸로
비가비 손 잡고 오르던 자갈길
이십 년 떠돌이의 길
새벽 어둠 속 안개숲
먼빛 떠도네

큰스님 독경 소리
숲 깨우고 숲 사이 벗은 몸으로
누워 있던 바람 깨우는데
바우덕이 가물거리는 혼백

새벽 예불 마친 큰스님
바우덕이 가냘픈 어깨 감싸안고
불당골 오르며 끝내
화두 꺼내지 않고
돌돌돌 구르는 물소리만
가득한 불당골

비천한 이십 년 세월
오르내리던 오솔길
돌부리 하나하나 정겨웠던
떠돌이의 땅 구름 밟듯 오르며
바우덕이 정한 겨워
한숨처럼 흘러나오는
여사당 자탄가 한 자락

한산 세모시로 잔주름 곱게곱게 잡아 입고
안성 청룡으로 사당질 가세
이 내 손은 문고린가 이놈도 잡고……

바우덕이 흐느끼며 큰스님 품 안으로 쓰러지고
피울음 듣는 사당가
메아리로 돌아오는 불당골 깊은 계곡

*

이 몸져누운 행수 핑계로 판 걷을 생각 마시오
이왕에 튼 곰뱅이 한 파수만 견디시오
이내 닥쳐올 엄동설한 무엇으로 날 것이오
양식 마련 없으면 행중 모두 비렁뱅이로

곰뱅이쇠님
잠시 자리를……

곰뱅이쇠 거적문 들치고 나와
밤하늘 수많은 별들 속에
스스로를 섞네

바우덕이 힘겹게 일어나
헝클어진 머리 곱게 빗고
화사한 분단장
반회장 치마 저고리 날아갈 듯
맵시 있게 차려입고
열세 살 기막힌 해우채
은전 한 닢 깊숙이 꺼내 들어
파리한 손으로 감싸쥐면
바람벽 주르르 흐르는 검은 불꽃

내 열세 살 살꽃 열어준 어른은
어디 계시오며
내 몸 신열로 채우던 하많은 남정들
어디 계시오며
갈대밭 일렁이던 푸른 달빛
어디 계시온지

곰뱅이쇠 가슴 기댄 바우덕이
명줄 혼줄 잡아채며
가까스로 정신 들면 흘러나오는
사당가

한산 세모시로…… 잔주름 곱게곱게……
이내 손은 문고린가…… 이놈도 잡고……
이내 입은…… 술잔인가……

수없이 잦아들고 끊기는 노랫가락
생혈 묻어 흐르는구나

어느 순간 곰뱅이쇠 잡고 있는 작고 마른 손
부르르 떨며 핏발 선 눈 크게 뜨는 바우덕이

서방……님!
열……세 살…… 첫 해우……채……
은……전……한 닢 목숨……처럼……아껴……
세……모시……한……벌……정갈하게……
지어 입고…… 고향……처……자식……훠
이……훠……이……찾아가……

곰뱅이쇠 잡았던 손 툭 떨어지고
흙바닥 굴러내려 뒹구는 은전 한 닢

은전 위에 열세 살 순결 빛나고
은전 위에 스물여섯 혼백 빛나고
은전 위에 떠돌이의 아득한 길 빛나고
은전 위에 동학 접사 애비 효수된 봉두난발 빛나고
은전 위에 족두리 하님 에미 뒷목덜미 솟아오른 칼날
빛나고
은전 위에 어름사니 독한 사설 빛나고
은전 위에 풍물 가락 뜬쇠 상쇠 쇳소리 빛나고

은전 위에 부서지는 달빛
은전 위에 부서지는 물소리
은전 위에 부서지는 사당가

                    *

사흘 밤낮
시신 안고 오열하는 곰뱅이쇠
거적문 밖 가끔 큰스님 발소리
머물다 멀어지고

사흘 밤낮
나무도 울고 숲도 울고
쇠도 울고 북도 울고

사흘 밤낮
떠돌이 사당 바우덕이 밟고 건넌
길도 울고 강도 울고
서러워 서러워
청룡천 물소리 바위틈 청솔숲 맴도네

살아서는 밟아보지 못한 금단의 땅
양반 마을 청룡말 고샅길 거적옷 입고
마지막 기둥서방 지게에 실려
황천길 재촉하는 바우덕이

청룡천 물길 따라 내려오면
서운산 험한 고개 너머
천것들의 사당길과 만나는 물목
돌무덤 하나 세웠나니
스물여섯 떠돌이의
혼백 머물 집 한 칸 세웠나니

빼앗긴 길 위에

주름 깊은 얼굴 묻고
불거진 어깨 출렁이며
피울음 삼키던 곰뱅이쇠 이경화
봉두난발 쥐어뜯으며
억새풀 칼날 가슴
베이며 베이며
돌무덤 떠났나니

그날의 슬픔 계곡을 채워
저 깊푸른 청룡호수로 태어나
물속 고요한 산 그림자 아래
돌무덤으로 영원한 바우덕이
푸르른 혼백인 것을
그대 깊은 잠
적요로운 물길인 것을

이 땅 영원한 광대여!
이 땅 영원한 울림이여!

노래의 꿈, 노래의 힘

이혜원

1. 민중 서사시의 계보

이 시집은 조선 후기의 이름난 사당 바우덕이의 일생을 다룬 한 편의 장시로 구성되어 있다. 서정시가 주류를 이뤄온 우리 현대시사에서 한 권 분량의 장시를 만나기는 쉽지 않다. 우리 시의 다양하고 발전적인 분화를 위해 이러한 시도들은 각별한 의미를 갖는다.

현대시사에서 이러한 장시의 시도는 그렇게 활발하지는 않았지만 일정한 계보를 형성하고 있다. 김동환의「국경의 밤」(1925) 이후 김기림의「기상도」(1936), 김용호의「남해찬가」(1952), 송욱의「하여지향」(1961), 신동엽의「금강」(1967), 김지하의「오적」(1970) 등 다양한 장시의 실험이 이어졌고 특히 1970년대 이후에는 한결 활발하게 창작되어왔다. 장시는 그 형식의 특성상 늘 장르의 규정이 문제가 된다. 장시라 하더라도 그 길이가 천차만별일

기에 뛰어난 예인이었다는 사실이 두드러진다. 당연히 이 시에서는 평범한 민중의 삶을 그리는 데서 그치지 않고 주인공의 예술적 성취 과정을 드러내는 데 비중을 둔다. 따라서 기존의 민중 서사시에서 기층 민중의 보편적 삶의 양상과 전반적인 시대적 배경을 보여주는 것에 비해 이 시에서는 주인공이 활약한 민중 연희의 세계를 매우 구체적으로 재현하고 있다. 그러니까 기존의 민중 서사시에 비해 훨씬 특화된 서사를 지니는 셈이다.

바우덕이는 또한 기존의 민중 서사시에서는 보기 힘든 여성 주인공이다. 「국경의 밤」의 순이도 여성 주인공이긴 하지만 비극적 운명과 수난을 강조하기 위한 소극적 인물인 것에 비하면, 바우덕이는 적극적으로 자신의 운명을 개척해가는 인물이다. 바우덕이는 예인으로서도 일가를 이루었을 뿐 아니라 여자로서 사당패를 이끄는 꼭두쇠가 될 만큼 탁월한 인물로 그려진다. 그녀를 통해, 신분 질서뿐 아니라 남녀 차별로 인해 여성들이 이중의 질곡을 겪었던 시대에 남다르게 운명을 개척해갔던 선구적 여성상을 만날 수 있다.

이 시는 서사 구조에 있어서도 기존의 민중 서사시와도 변별된다. 기존의 시들이 서술의 일관성이나 완성도 면에서 미흡하다는 인상을 주는 데 비해 이 시는 개성적이고 일관성 있는 서사 구조를 도입하여 완성도를 높이고 있다. 이 시는 특이하게 전통적인 마당극의 형식을 채용하

고 있다. 첫째 마당에서 아홉째 마당까지 전체 아홉 개의
마당으로 구성되어 있으며, 각각의 마당이 세 개의 장으
로 정연하게 짜여 있다. 독특한 마당극 구성은 유랑 예인
의 삶과 예술을 조명하는 데 썩 잘 어울리는 방식이다.

시 전체가 리듬감이 강한 율문으로 이루어졌다는 점도
주목된다. 기존의 서사시들이 산문과 운문이 혼용되는 양
상을 보이는 것에 비해 이 시는 율감이 강한 운문으로 일
관한다. 시 전체가 한 편의 노래라고 할 수 있을 정도로
리듬이 분명하고 역동적이다. 이는 마당극 형식과도 무관
치 않아 보인다. 낭송이나 공연이 가능한 형태로 시 전체
를 구성한 것이다. 읽기 위한 시에서 듣거나 볼 수 있는
시로의 전환은 서사시에서 중요한 공동체적 정서와 호응
을 높이는 데 효율적인 방법이라 할 수 있다.

시인은 쇄말성과 개인주의에 빠져들고 있는 요즘의 시
적 경향에 역행하여 노래로서의 시의 본래적 기능과 공감
의 정서를 회복하려 한다. 지금으로부터 백 년도 넘는 과
거를 배경으로 이제는 사라져가는 민중적 연희의 양태와
그 정신을 되살리려 한다. 바우덕이라는 문제적 인물에
대한 열렬한 경도가 없으면 불가능한 일이었을 것이다.
한 시인의 고된 노역을 통해 한갓 유랑 예인의 삶이 되살
아나고 민중 연희의 현장이 재현된다. 역사와 전통에 대
한 경외심과 삶에 대한 열정이, 빈약하기 그지없는 우리
서사시의 전통에 이 힘차고 아름다운 긴 노래를 추가할

수 있었다.

2. 동학의 뿌리와 민중적 예인의 탄생

이 시에서는 바우덕이의 일대기가 서사의 주요 뼈대를 형성한다. 전체 아홉 마당으로 구성된 줄거리를 약술해 본다.

첫째 마당: 서시에 해당한다. 안성 청룡사 불당골 돌무지길에서 스물여섯으로 숨진 기구한 인생을 노래한다.

둘째 마당: 바우덕이 할아버지 대를 묘사한다. 동학의 초군 두목이었던 바우덕이의 할아버지가 임술년 민중 봉기를 주도하다 처형된다. 그 아들인 돌이는 동학 공부에 연루되어 사노비로 팔리고 나이 서른에 새아씨 몸종으로 따라온 족두리 하님과 인연을 맺고 바우덕이를 낳는다.

셋째 마당: 동학의 마름 접사 노릇을 하던 돌이는 충청도 강외 땅에서 진압군과 혈투를 벌이다 붙잡혀 효수되고 족두리 하님은 자결한다.

넷째 마당: 혈혈단신이 된 바우덕이가 안성 난전에 찾아들어 사당패의 일원이 된다.

다섯째 마당: 바우덕이가 어름타기(줄타기)를 배운다.

여섯째 마당: 바우덕이가 처음으로 줄을 타고 첫 남정

인 양반에게서 은전 한 닢을 받는다.

일곱째 마당: 노랫가락에 깊은 혼을 담아 부르고 기둥 서방인 비가비가 죽을 때까지 지극하게 간병한다. 안성 남사당패 개다리와 합류한다.

여덟째 마당: 개다리 행수의 죽음으로 바우덕이가 꼭두쇠로 앉게 된다.

아홉째 마당: 행수가 된 바우덕이는 계간을 금지하고 기예를 닦게 한다. 계간의 금지로 패거리가 반으로 줄자 진위패의 이경화와 합류한다. 어름을 하던 중 줄에서 떨어져 죽게 되자 이경화에게 평생 간직해온 은전 한 닢을 주며 집으로 돌아가라고 한다. 그리고 비장한 최후를 맞는다.

전체 아홉 마당은 서시에 해당하는 첫째 마당과 본시에 해당하는 여덟 개의 마당으로 구성되어 있는데, 바우덕이 선대 2대의 삶이 상세하게 묘사되는 것이 눈에 띈다. 바우덕이의 할아버지는 동학의 초군 두목으로, 아버지 돌이는 마름 접사로 모두 왕성하게 활동하다 처형당한다. 이는 바우덕이의 사설에서 녹두장군 행차 부분이 강조되는 것과 깊은 연관성을 띤다. 시인은 단순히 유랑 예인의 삶을 그리기보다는 민중 연희와 결합되어 있는 동학의 정신을 되살리고자 한 것이다. 민중의 정서와 연희에 자리잡고 있는 동학의 정신이 핏줄처럼 선명한 뿌리를 지니고 있음을 보여주기 위해 바우덕이 가계와 동학을 연계시킨 것이다.

매호씨!

네에이!

내가 뉘뇨?

녹두장군입죠!

녹두장군이 뉘뇨?

상것들의 속 붉은 가슴입죠!

속 붉은 가슴은 뉘뇨?

아랫것들의 천지개벽입죠!

비천한 백성들에게 꿈이었느뇨?

그렇습죠! 그렇습죠!

우리네 꿈이었습죠!

상기도 깨지 못한 우리네 꿈이었습죠! (102~103쪽)

어름타기에 나타나는 녹두장군 행차 대목을 생생하게 재현한 이 장면에서는 광대와 관객 사이에 호흡과 정서의 일치가 두드러진 민중 연희의 현장감이 잘 드러난다. 녹두장군의 전설은 민중들의 가슴에 살아 숨쉬는 천지개벽의 꿈을 담고 있다. 줄타기의 아슬아슬한 긴장감을 공유하며 한마음으로 희구하는 것은 "한울님이 백성이시고/백성이 한울님"인 세상이다.

바우덕이의 삶과 예술은 인간의 존엄성을 실현하는 과정이었다는 점에서 동학의 정신을 충실하게 보여준다고 할 수 있다. 바우덕이는 기둥서방인 비가비가 죽어갈 때 끝까지 극진하게 돌보았는데, 이는 병든 몸을 돌아보지도 않던 사당패의 인심과 상반된 것이다. 자신이 죽어갈 때는 이경화에게 평생을 간직했던 은전을 주며 옷이라도 한 벌 정갈하게 지어 입고 고향으로 돌아갈 것을 권한다. 떠돌이 인생에 더욱 간절한 수구지심을 헤아렸기 때문이다. 바우덕이는 또한 사당패를 이끄는 행수가 되었을 때 제일 먼저 계간 파는 일을 금지한다. 사당패에 만행하던 가장 잔혹하고 비인간적인 행태를 없애려 한 것이다. 그리고 사당패가 비천한 재주놀음에서 벗어나 뛰어난 기예를 통해 존속할 수 있는 방안을 마련한다. 예술적 기량을 향상시키는 길만이 인간적 존엄을 확보할 수 있다고 보았기 때문이다. 그녀는 예술을 통해서 동학의 정신을 실천하였다. 귀천이 따로 없고 모두가 존엄하게 자신의 가치를 실현하는 세상을 이끌었다. 유랑 광대는 광대 나름대로 그들의 세상을 이어가야 한다고 보았기 때문에 끊임없는 해체의 위기를 극복하며 다른 사당패들과 이합집산을 거듭했다. "저 어린것들/뜨거운 혼 치열한 몸짓 가르쳐/흐드러진 풍물판 잇게 하고/신묘한 버나판 잇게 하고/무궁무진한 살판 잇게 하고/사설 매서운 조선줄판 잇게 하고/신명놀음 덧뵈기판 잇게 하고/재담놀음 덜미판 잇게 하여/이 땅 우뚝한 예인으로/세워야 하리"(158~159쪽)라는 강한 신념이 조선 연희의 맥을 이었다. 이러한 전통과 뿌리

놈도 빨고 저놈도 빠네/이내 배는 나룻밴가 이놈도 타고
저놈도 타네"(97쪽)에서처럼 친숙한 민요의 가락이 시의
맥락 속으로 흡수되어 새로운 의미를 산출하기도 한다.

쇠스랑과 쇠스랑이 부딪쳐 한울음
분노와 분노가 부딪쳐 한울음
함성과 함성이 부딪쳐 한울음
산줄기와 산줄기가 부딪쳐 한울음
우렁우렁 산울음
수백 년 안으로 삼킨 피울음

앞장선 초군 두목 돌이 애비
실팍한 등줄기 푸르르 떨리고
성난 초군 무리
남루한 고의적삼 깃발처럼 날리며
벌채 금지 목 조인 양반님네
고대광실 높은 용마루 찍어내리고
저 거드름 팔자걸음 찍어내리고
헛기침 헛웃음 찍어내리고
곳간 채운 욕심 찍어내려

구름처럼 모여드는
부황 든 아낙들 치마폭 넘치게

입쌀 부어 진휼환곡하네 (27~28쪽)

　이 대목은 초군 두목인 돌이 아비가 임술년 5월의 민중 봉기를 이끄는 장면이다. 민요처럼 반복과 병치의 어법이 두드러지게 나타난다. 앞부분에서는 한 맺힌 피울음이 모여 거대한 힘으로 터져나오는 장면이 박진감 넘치게 그려진다. 반복 어법을 적절히 활용하여 민중들의 한 맺힌 울음이 천하에 울리는 듯한 효과를 얻고 있다. 4음보나 2음보를 써서 한 맺힌 절규가 질서 있는 힘으로 결집되는 과정을 드러낸다. 이어지는 장면에서는 초군 무리가 결집하여 민생을 탄압한 양반을 타도하는 과정이 그려진다. '찍어내리고'의 반복으로 격렬한 봉기의 현장감이 드러난다. 이 부분은 민요의 반복 어법을 사용하여 속도감과 에너지를 증폭시키고 있다. 이 밖에도 시집 곳곳에서 볼 수 있는 민요의 율조와 어법은 음악적 효과를 높이고 주제의식을 선명하게 전달한다.

　바람 따라
　구름 따라
　물길 따라
　사람 따라
　하염없이 흘러온
　서럽고 비천한 세월

길에서 태를 자르고

길에서 배시시 솜털을 벗고

길에서 초경을 맞으며

길에서 살아와

길은 밥이고 잠이며

길은 꿈이고 강이며

길은 정분이고 산맥이며

길은 장단이고 한숨이며

길은 가락이고 눈물이며

길은 너름이고 채찍이며

길은 버슴새였나니

사당패 떠돌이 연분홍 길은

저승패 삭정이 가슴에 나 있는

하염없는 물길 몸길 (57~58쪽)

　　사당패의 떠돌이 인생을 압축하고 있는 이 부분에서는
흐르는 듯한 리듬이 특징적이다. 역시 반복 어법이 활용
되고 있는데, 여기서는 하염없이 떠도는 길 위의 삶을 강
조하고 있다. "바람 따라/구름 따라/물길 따라/사람 따
라/하염없이 흘러온"에서와 같은 관습적인 어구도 민요의
중요한 표현 특성과 일치하는 것이다. 길고 가늘게 이어
지는 시행들은 형태상으로도 유구한 떠돌이 인생길을 그

196

리고 있다. 이 부분은 또한 거의 3음보로 이루어져 유장하게 흐르면서 애환의 정조를 강조한다. 앞의 인용문에서 보여주었던 힘이 넘치는 4음보 가락과는 대조적이다. 이처럼 이 시는 전통 가락을 다양하고 효과적으로 활용하여 풍부한 미감과 의미를 창출하고 있다.

이 시에서는 또한 마당극 형식을 차용하여 전통 연희의 분위기를 전달하는 데 일조한다. 소리꾼 역할을 하는 화자가 일관성 있는 서술을 행하여 전달력을 높이고 있다. 이 시는 서사시에서 관건이 되는 이야기성과 노래성을 조화시키는 데 있어 탁월한 성취를 보여준다. 서술 방식을 과감하고 혁신적으로 개척하는 것만이 서사시의 새로운 가능성을 보장할 수 있음을 증명한다.

전통 가락을 체화시킬 정도로 익숙하게 사용하고 있는 시인은 전통의 계승에 남다른 관심과 의지를 지니고 있다. 이 시의 경우도 민간에 떠도는 바우덕이 일화와 민중 연희에 관련된 많은 자료를 수집하고 형상화하는 각고의 노력 끝에 얻어진 것이다. 이는 사라져가는 민중 연희의 전통을 되살려야 한다는 뚜렷한 자각 없이는 불가능한 일이다. 사당패들의 이합집산 과정과 연희 장면의 상세하고 정확한 재현은 민속사적 측면에서도 가치 있는 성과를 이룬다. 이 시는 민중과 애환을 함께해온 유랑 광대의 삶과 예술의 자취를 새롭게 부각시킨다. 내우외환의 위기에도 살아남으며 민중과 애환을 함께한 사당패의 연희가 동학

의 정신과도 상통하는 인간의 존엄성에 대한 신념을 담보
하고 있음을 간파하고 있다. 천박한 기예를 예술의 차원
으로 승화시킨 바우덕이의 삶에서 숭고한 인간미와 예술
혼을 발견한 것이다.

물론 한 세기 전 유랑 예인의 삶이 오늘날의 삶과 조응
하며 현재적 의미를 갖기는 쉽지 않다. 전통적인 가락과
연희에 대한 충실한 재현이 다소 폐쇄적이고 복고적인 미
학으로 비칠 수도 있다. 연희의 공간 속에서 한마음 한뜻
을 이루던 공동체적 정서가 와해된 시대에 이와 같은 민
중 서사시가 나아갈 길은 멀고 험하다. 그러나 노래가 꿈
이 되고, 노래가 힘이 되는 화합과 상생의 장을 포기하지
않는 한 이러한 노고는 계속되어야 할 것이다.

우리 시대의 고전 21

실재의 사회적 구성

The Social Construction of Reality

피터 L. 버거
토마스 루크만 지음
하홍규 옮김

A Treatise in the Sociology of Knowledge

지식사회학 논고

문학과지성사
2013

피터 L. 버거 Peter L. Berger, 1929~2017

오스트리아 출신의 미국 사회학자로, 20세기 가장 영향력 있는 사회사상가로 손꼽힌다. 2차 세계대전 직후 미국으로 이주해 뉴욕의 사회조사 뉴스쿨New School for Social Research에서 사회학을 공부했으며, 같은 대학 및 러트거스 대학, 보스턴 대학 등에서 사회학 교수로 재직했다. 현재 보스턴 대학 명예교수이며 '문화, 종교 및 국제문제 연구소'의 소장직을 맡고 있다. 사회조사 뉴스쿨에서 강의를 하던 1966년 토마스 루크만과 함께, 이후 20세기 최고의 사회학 저서 중 하나로 평가받게 될 『실재의 사회적 구성』을 저술한 것을 비롯하여, 『사회학에의 초대』 『자본주의 혁명』 『의심에 대한 옹호』(안톤 지더벨트와 공저) 등 수많은 저작을 발표했다.

토마스 루크만 Thomas Luckmann, 1927~2016

슬로베니아(구 유고슬라비아 연방) 출신의 사회학자로 피터 버거와 함께 20세기 중요한 사회사상가로 손꼽힌다. 2차 세계대전 기간에 빈으로 이주해 빈 대학과 인스브루크 대학에서 철학과 언어학을 공부했으며, 이후 미국으로 옮겨와 뉴욕 사회조사 뉴스쿨에서 공부를 이어갔다. 루크만은 사회조사 뉴스쿨 시절 오스트리아계 미국 철학자 알프레드 슈츠로부터 많은 가르침을 받았는데, 이는 『실재의 사회적 구성』이 현상학적 배경을 갖는 데 중대한 영향을 미치게 된다. 현재 독일 콘스탄츠 대학의 사회학 교수로 재직 중이다. 저서로 『보이지 않는 종교』 『언어 사회학』 『생활-세계와 사회적 실재』 『생활-세계의 구조』(알프레드 슈츠와 공저) 등이 있다.

하홍규

연세대학교 사회학과 및 같은 과 대학원을 졸업하고, 미국의 보스턴 대학에서 사회학 박사학위를 받았다. 현재 연세대학교 사회학과 BK21 플러스 '사회적 연대와 공존' 사업단 연구원으로 재직하고 있다. 주된 관심 영역은 사회이론, 종교사회학, 문화사회학, 마음의 사회학이다.

우리 시대의 고전 21

실재의 사회적 구성
지식사회학 논고

제1판 제1쇄 2013년 12월 27일
제1판 제7쇄 2024년 5월 28일

지은이 피터 L. 버거·토마스 루크만
옮긴이 하홍규
펴낸이 이광호
펴낸곳 ㈜문학과지성사
등록번호 제1993-000098호
주소 04034 서울 마포구 잔다리로7길 18(서교동 377-20)
전화 02) 338-7224
팩스 02) 323-4180(편집) 02) 338-7221(영업)
전자우편 moonji@moonji.com
홈페이지 www.moonji.com

ISBN 978-89-320-2459-2

서문

   이 책은 체계적이고 이론적인 지식사회학 논고로 기획되었다. 그러므로 이 책은 지식사회학의 발전에 대한 역사적인 개괄을 하거나, 지식사회학 분야의 다양한 학자들에 대하여 혹은 사회학 이론에서 그 밖에 어떤 발전들이 있는지에 대하여 해설하거나, 또는 심지어 이러한 학자들과 이론들이 어떻게 종합되는가를 보여주고자 시도하지 않는다. 여기에는 어떠한 논쟁적 의도도 없다. 다른 이론적 입장들에 대한 비판적 논평은 오로지 이 책의 논점을 명확히 하는 데 도움을 주는 경우에만 (본문이 아니라, 주석에서) 제시되고 있다.

   논의의 핵심은 2부 "객관적 실재로서의 사회"와 3부 "주관적 실재로서의 사회"에 담겨 있는데, 2부는 지식사회학의 문제들에 대한 우리의 기본적인 이해를 담고 있고, 3부는 이러한 이해를 주관적 의식subjective consciousness의 수준에 적용함으로써 지식사회학을 사회심리학의 문제들과 이을 수 있는 다리를 만들고 있다. 1부 "일상생활에서의 지식의 기초들"은 일상생활의 실재에 대한 현상학적 분석에 관해 다룬다는 점에서 주요 논점에 대한 철학적 서문이라고 부르는 것이 가장 좋을 듯하다. 사회학적 논의에만 관심이 있는 독자는 1부를 건너뛰고 싶어 할 수도 있겠지만, 논의가 진행되면서 사용된 주요 개념들이 1부에 정의되어 있다는 점은 명심했으면 한다.

비록 우리의 관심이 역사적인 것은 아니지만, 우리의 지식사회학 개념이 지금까지 지식사회학이라고 일반적으로 이해되어왔던 것과 왜 그리고 어떤 면에서 다른지 설명해야 할 의무를 느낀다. 우리는 이 점을 서론에서 밝히고 있다. 마지막에는 결론으로서 우리의 지식사회학이 사회학 이론 전반과 경험적 조사의 특정 영역들에 '결정적 기여'가 될 수 있음을 보여줄 것이다.

우리의 논점의 논리는 불가피하게 어느 정도의 반복을 필요로 한다. 그래서 어떤 문제들은 1부에서 현상학적 괄호 안에서 고찰되고, 2부에서 그 괄호를 제거하고 그것의 경험적 발생에 관심을 갖고 논의되며, 그런 다음 3부에서는 주관적 의식의 수준에서 다시 한 번 다루어진다. 우리는 이 책의 내적 논리를 거스르지 않는 범위에서 가능한 읽기 쉽게 쓰려고 노력했으며, 독자가 불가피하게 그 문제들이 반복된 이유를 이해해주기 바란다.

이슬람교의 위대한 신비주의자 이븐 울-아라비Ibn ul'Arabi는 자신의 시에서 "오 알라신이여, 우리를 이름의 바다로부터 구원하소서!"라고 외친다. 우리는 사회학 이론을 읽으면서 이와 같은 외침을 자주 반복했었다. 결국 우리의 실제 논의에서 모든 이름들을 제거하기로 결정했다. 이는 "뒤르케임Émile Durkheim은 이렇게 말했다" "베버Max Weber는 저렇게 말했다" "우리는 여기서 베버가 아니라 뒤르케임에 동의한다" "우리는 이 점에서 뒤르케임이 오해되어왔다고 생각한다" 등과 같은 의견들의 거듭되는 방해 없이, 우리 자신의 입장을 지속적으로 제시하고 있다는 의미라고 할 수 있다. 우리의 입장이 무無로부터*ex nihilo* 불쑥 튀어나오지 않았다는 것은 매 쪽마다 분명히 드러나지만, 우리는 우리의 논의가 주석적이거나 종합적인 측면에서가 아니라 논의 자체의 고유한 장점들에 의해 판단되기를 바란다. 따라서 우리는 모든 참고문헌들을 주석에 넣었으며, 게다가 어떠한 논의든지 (언제나 비록 짧더라도) 우리가 빚지고 있는 자료들을 함께 제시했다. 따라서 상당한 분량의 주석이 불가피해졌다. 이것은 학문적인 것Wissenschaftlichkeit의 의례를 따르기 위해서라기보다는, 역사적인 감사를 표해야 하는 요구에 충실하기 위해서이다.

1962년 여름 오스트리아 서부 알프스 산 아래서, (가끔은) 산 위에서 여유로운 대화 가운데 처음 시작된 프로젝트가 바로 이 책으로 실현되었다. 이 책을 위한 첫번째 계획은 1963년 초에 작성되었다. 그 당시에는 다른 한 명의 사회학자와 두 명의 철학자가 참여하기로 되어 있었다. 여러 개인적인 이유들로 이 프로젝트에 실제로 참여하지 못했지만, 현재 프랑크푸르트 대학에 있는 한스프리트 켈너Hansfried Kellner와 현재 프랑스고등연구원에 있는 스탠리 풀버그Stanley Pullberg가 지속적으로 보내준 비판적 논평에 대해 깊은 감사를 표하고 싶다.

우리가 고故 알프레드 슈츠Alfred Schütz에게 얼마나 빚을 지고 있는지는 이 책의 여러 부분에서 명백해질 것이다. 그러나 우리는 슈츠의 가르침과 저서가 우리의 사고에 미친 영향을 여기에 표하고 싶다. 베버에 대한 우리의 이해는 사회조사 뉴스쿨New School for Social Research의 대학원 교수인 카를 마이어Carl Mayer로부터, 뒤르케임과 그의 학파에 대한 이해는 역시 같은 대학원 교수인 알베르트 살로몬Albert Salomon 으로부터 얻은 것이다. 루크만은 호바트 대학에서 공동 강의를 하면서 그리고 다른 여러 기회에 나눈 많은 유용한 대화들을 상기하면서, 지금은 프랑크푸르트 대학에 있는 프리드리히 텐브루크Friedrich Tenbruck 의 생각을 높이 평가하고자 한다. 그리고 버거는 브랜다이스 대학의 커트 울프Kurt Wolff와 레이던 대학의 안톤 지더벨트Anton Zijderveld가 이 책에 담겨 있는 사상들이 발전해가는 데 지속적으로 보여준 비판적 인 관심에 고마움을 전하고자 한다.

이런 종류의 프로젝트에서 아내와 자녀들 그리고 아직 제도권에 자리를 잡지 못한 다른 개인적 동료들의 여러 보이지 않는 공헌들을 언급하는 것이 관례이다. 만약 이러한 관례를 따르지 않을 수 있다면, 우리는 이 책을 포르알베르크의 브란트 마을에서 요들송을 들려준 이에게 바치고 싶었다. 그러나 우리는 헌터 대학의 브리짓 버거Brigitte Berger와 프라이부르크 대학의 베니타 루크만Benita Luckmann에게, 과학과는 무관한 어떤 개인적인 역할을 해줘서가 아니라, 사회과학자로서 보여준 비판적인 관찰과 쉽게 감동받기를 줄곧 거부해온 것에 대해 고마운 마음을 전하고 싶다.

피터 L. 버거

토마스 루크만

차례

서문 5

서론 지식사회학의 문제 11

1부 일상생활에서의 지식의 기초들 37

  1. 일상생활의 실재 39

  2. 일상생활에서의 사회적 교섭 53

  3. 일상생활에서의 언어와 지식 62

2부 객관적 실재로서의 사회 79

  1. 제도화 81

    유기체와 활동 81

    제도화의 기원 90

    침전 작용과 전통 111

    역할 117

    제도화의 범위와 형태 126

  2. 정당화 146

    상징적 세계의 기원 146

    세계-유지의 개념적 장치들 162

    세계-유지를 위한 사회 조직 178

3부 주관적 실재로서의 사회 197

  1. 실재의 내면화 199
    일차적 사회화 199
    이차적 사회화 211
    주관적 실재의 유지와 변형 223

  2. 내면화와 사회구조 247

  3. 정체성에 대한 이론들 262

  4. 유기체와 정체성 272

결론 지식사회학과 사회학 이론 278

  역자 해제 284
  찾아보기 301

지식사회학의 문제

이 책에서 논의하는 기본적인 주장은 책의 제목과 부제가 암시하고 있는 바처럼, 실재는 사회적으로 구성되며 지식사회학은 이 실재의 사회적 구성이 일어나는 과정을 분석해야 한다는 것이다. 이 주장에서 핵심적인 용어는 '실재reality'와 '지식knowledge'인데, 이 용어들은 일상적인 대화에서 흔히 사용될 뿐만 아니라, 그 이면에 오랜 철학적 탐구의 역사를 지니고 있다. 여기서 이 용어들의 일상적인 또는 철학적인 용법에 있어서 의미론적인 복잡함에 대해 논의할 필요는 없다. 이 책의 목적을 위해서는, '실재'를 우리가 우리 자신의 의지로부터 독립적으로 존재한다고 인정하는 현상에 부속되는 특질(우리는 이러한 현상들이 '사라지기를 원할' 수 없다)로 정의하고, '지식'을 현상이 실재하며 특정한 특성들을 지니고 있다는 확신으로 정의하는 것으로 충분할 것이다. 이 용어들이 평범한 사람과 철학자 모두에게 관련성을 가지는 것은 바로 이러한 (의심할 여지없이 단순한) 의미에서이다. 비록 그 정도는 다르겠지만 일반인들은 그에게 '실재하는real' 세계에서 살고 있으며, 확신하는 정도는 다를지라도 이 세계가 이러저러한 특징을 지니고 있다는 점을 '안다knows.' 철학자는 물론 '실재'와 '지식'의 궁극적인 지위에 대한 물음을 제기할 것이다. **무엇이 실재하는가? 인간은 어떻게 아는가?** 이는 철학적인 탐구에 적합한 물음일 뿐 아니라 인간 사상의 가장 오래된 물음들 가운데 하나이다. 바로 이런 이유 때문에, 사회학자가 이 오래 전해져 내려온 지적 영역에 주제넘게 끼어드는 것은 일반인의 눈살을 찌푸리게 할 수도 있고, 심지어 철학자들을 분노하게 할 수도 있을 것이다. 그러므로 먼저 사회학의 맥락에서 이 용어들이 어떻게 사용되는지 그 의미를 명백히 하고, 곧이어 철학이 선점해온 이 오래된 물음들에 대하여 사회학이 해답을 가지고 있다는 식으로 뽐내려는 것이 아니라는 점을 밝히는 것이 중요하겠다.

이후 논의에서 세심한 주의를 기울이고자 한다면, 앞서 언급한 두 용어들을 사용할 때마다 따옴표를 붙여야 하겠지만, 그러면 문체상으로 어색할 것이다. 그러나 따옴표를 통해서 이 용어들이 사회학의 맥락에서 나타나는 특유한 방식들에 대한 단서를 말해줄 수 있을 것이다. '실재'와 '지식'에 대한 사회학적 이해는 일반인의 이해와 철학자의 이해 사이의 어딘가에 있다고 말할 수 있다. 일반인은 대개의 경우 어떤 문제에 당면하지 않는 한, 그에게 무엇이 '실재하고' 그가 무엇을 '아는가' 하는 문제로 고민하지 않을 것이다. 그는 그의 '실재'와 '지식'을 당연하게 받아들인다. 사회학자는 그렇게 할 수 없다. 왜냐하면 평범한 사람들이 각 사회마다 각기 다른 '실재들'을 당연한 것으로 받아들인다는 사실을 체계적으로 의식하기 때문이다. 무엇보다 사회학의 논리 자체가 사회학자에게 두 '실재들' 사이의 차이가 두 사회 사이의 다양한 차이들과의 관계에서 이해될 수 없는지 묻도록 강요한다. 반면에 철학자는 어떤 것도 당연하다고 받아들이지 않으며, 일반인이 '실재'와 '지식'이라고 믿는 것의 궁극적 지위를 최대한 명백히 밝히도록 직업적으로 요구된다. 달리 말하자면, 철학자는 어디에 따옴표를 쳐야 하는지, 어디에서 따옴표가 생략돼도 무방한지 결정해야 한다. 즉, 세계에 대하여 타당한 주장과 타당하지 않은 주장을 구분해야 하는 것이다. 사회학자는 아마도 이러한 일을 할 수는 없을 것이다. 사회학자는 문체상으로는 어색할지라도 논리적으로 따옴표를 떨쳐내지 못한다.

예를 들자면, 일반인은 그가 '의지의 자유'를 가지고 있고 따라서 자신의 행위에 대해 '책임이 있다'고 믿는 동시에, 어린 아기나 정신이상자에게는 이러한 '자유'나 '책임'이 있다는 것을 부인할 것이다. 철학자는 어떠한 방법으로든지 이러한 개념들의 존재론적, 인식론적 지위에 대해 탐구할 것이다. **인간은 자유로운가? 책임이란 무엇인가? 책임의 한계는 어디까지인가? 인간은 이러한 것들을 어떻게 알 수 있는가?** 등등. 말할 필요도 없이, 사회학자는 이러한 물음들에 해답을 제시할 수 있는 위치에 있지 않다. 그러나 사회학자가 할 수 있고 해야 하는 일은, '자유'라는 개념이 어떻게 한 사회에서는 당연하다고 받아들여지는데 다른 사회에서는 그렇지 않게 되는지, 자유의 '실재'가 어떻게 한 사회에서는 유지되는데, 보다 더 흥미롭게도 다른 사회에서는 개인이나 전체 사회에서 상실될 수 있는지 묻는 것이다.

그래서 '실재'와 '지식'의 물음에 대한 사회학적 관심은 애초부터 그 개념들이 사회적으로 상대적이라는 사실에 의해서 정당화된다. 티베트 승려에게 '실재하는' 것은 미국의 사업가에게는 '실재하는' 것이 아닐 수도 있다. 범죄자의 '지식'은 범죄학자의 '지식'과는 다르다. 따라서 '실재'와 '지식'의 특정한 결합은 특정한 사회적 맥락과 관련되며, 이 관계들은 그 맥락에 대한 적절한 사회학적 분석에 포함되어야만 할 것이다. 그래서 사회 안에서 당연하게 '지식'이라고 받아들여지는 것들이 사회마다 눈에 띄게 다르다는 사실은 이미 '지식사회학'이 필요하다는 것을 보여준다. 그러나 이것을 넘어서서, 지식사회학이라는 이름을 가진 이 학문 분야는 '실재들'이 인간 사회에서 '지식'으로 받아들여지는 일반적인 방식들에 관심을 두어야 할 것이다. 달리 말하자면, '지식사회학'은 인간 사회에서 '지식'의 경험적 다양성뿐만 아니라, **어떠한** '지식'체가 사회적으로 '실재'**로서** 성립되게 되는 과정들을 다루어야 할 것이다.

그러므로 지식사회학은 한 사회에서 '지식'으로 여겨지는 것이라면 무엇이든지, (어떤 기준에 의해서든) 그 '지식'의 궁극적인 타당성 여부에 관계없이 관심을 두어야 한다는 것이 우리의 주장이다. 모든 인간 '지식'이 사회적 상황 안에서 발전되고 전달되고 유지되는 한, 지식사회학은 하나의 '실재'가 일반인들에게 당연한 것으로서 굳어지게 되는 방식으로 지식이 형성되는 과정을 이해하고자 해야 한다. 달리 말하자면, 우리는 **지식사회학은 실재의 사회적 구성을 분석**하는 것이라고 주장한다.

지식사회학에 적합한 연구 영역이 무엇이냐에 대한 이러한 이해는 40여 년 전 처음 이름 붙여진 이래 일반적으로 이해되어왔던 것과는 다르다. 그러므로 실제 논의를 시작하기 전에, 지식사회학의 과거의 발달 과정을 간단히 살펴보고, 어떤 방식으로 그리고 왜 우리가 그것에서 탈피할 필요를 느끼게 되었는지 설명하는 것이 유용할 것이다.

'지식사회학Wissenssoziologie'이라는 용어는 막스 셸러Max Scheler[1])에 의해 만들어졌다. 때는 1920년대, 장소는 독일, 그리고 셸러는 철학자